新奇想小説

天下り酒場

原 宏一

祥伝社文庫

目次

天下り酒場

仕込みを終えて一服していると柿本《かきもと》がやってきた。格子《こうし》の引き戸を開けて顔を覗《のぞ》かせ、いいかな？　と声をかけてくる。

開店まで一時間あったが、ヤスは黙ってうなずくと煙草《たばこ》を揉《も》み消した。店員の女の子たちは、いつも開店三十分前に出勤してくる。ヤスは腹が突きでた体をよいしょと持ち上げ、縄暖簾《なわのれん》を店先に掲《かか》げると、手慣れた仕草で中ジョッキに生ビールを注いでカウンターの右端に置いた。その席が柿本の指定席ということになっている。

席についた柿本は中ジョッキを半分、一息に呷《あお》った。まず中ジョッキを空けてから日本酒に切り替える。それが毎度のパターンだ。ところが、今日は最初のひとくちを流し込んだところで、ふうと大きな息をつき、禿《は》げ上がった額《ひたい》をさすって考え込んでいる。

ヤスはカウンターに入り、小鉢にネギぬたを盛って柿本の前に差しだした。柿本が、ようやく口をひらいた。

「頼まれ事、されてくんねえか」

めずらしく控え目な物言いだった。

「ツケはお断りだ」

ヤスが言い返すと、いやそうじゃないんだ、と柿本は首をふり、照れくさそうに身を乗りだした。

「天下り、置いてくれねえかと思って」

「天下り？」

「つまりその、県庁のお役人がひとり、行き所がなくなっちまってな。仕事を世話してやってくれって頼まれちまって、ちょっとばかり困ってんだ」

「仕事ならおたくの会社のほうがあるだろが。県民ホールの電気工事一式、けっこう潤《うるお》ってるみたいだってナカタさんが言ってたけどな」

「あんな工事、原価割れもいいとこだ。それでもこのご時世、役所の仕事は請《う》け負《お》っとかねえと干《ほ》されちまう。順送りで回ってきたから仕方なくやってるだけでさ」

「それを言ったらうちだって、これ以上、人なんか雇ったら原価割れだ」

開店八年目の割烹《かつぽう》居酒屋『やすべえ』は、カウンター八席、テーブル六卓の小商《あきな》い。カウンターを挟《はさ》んだ厨房《ちゆうぼう》はオーナー店主のヤスが切り回し、客あしらいは店員の女の子二人にまかせている。ところが、不景気風が吹き荒れている近ごろは売上も激減。いつ女の子に辞めてもらおうかと思案しているのだが、情に厚い性分《しようぶん》ゆえ首を切れないでいる。

とても役人上がりを引きうける余裕などない。

しかし柿本は引き下がらない。

「仕事はできるって話だ。とりわけ金勘定が得意らしいから、確定申告のたんびに頭抱えてるおめえには好都合だろうが。それに考えてもみろ、役人上がりをひとり引きうけときゃ役所人脈もごっそりくっついてくる。いまどきゃ腐《くさ》っても役人だ。世間の景気が悪かろうが、安定職種を笠に着て飲み歩いてやがる。連中がよその店に落としてる飲み代が、ごっそりこっちに回ってくること考えたら、まず売上八割増は堅《かて》えはずだぞ」

ヤスは顔を上げた。売上八割増に反応してしまった。すかさず柿本がたたみかけてきた。

「おまけに給料も払えるだけでいいって話だ。なんせやつらには、役所は辞めても恩給ってもんがつく。ただ遊んでいても仕方ねえから健康管理も兼ねて働こうって魂胆《こんたん》だろうが、雇う側にしても、こんなお買い得はねえ。大学出のインテリを高卒のねえちゃん並みの賃金で雇えるんだからな」

「大学出のインテリが、ほんとにうちみてえなとこでいいのか?」

ヤスは訝《いぶか》った。

「いいも悪いも向こうから頼んできたんだ。仕事なら何でもいいからって。まあ、せいぜいこき使ってやればいいってことよ。この際、民間の厳しさを思い知らせてやるのも、やつらにはいい薬ってもんじゃねえか」

柿本はそう言って笑うと、中ジョッキの残りを勢いよく飲み干した。


河岸《かし》から帰ると、もう片倉《かたくら》が出勤していた。あしたからきてくれ、と電話で連絡しておいたのだが、もちろん夕方からのつもりでいた。ところが片倉は役所の感覚でいるのか、朝八時半には店にやってきて、九時半過ぎのこの時間までシャッターが閉じた店の前で律儀に待ち続けていたらしい。

てっきり六十過ぎのじいさんだと思っていたら、見た目では、五十代前半といっても通用する。灰色の背広に七三分け、銀縁眼鏡《めがね》で書類鞄《かばん》を手にしている姿は、割烹居酒屋の従業員というより税務調査に訪れた税務署員のようだ。この風体《ふうてい》が、飲みにきた客の目にどう映るか気になるが、それでも、とりあえず使えないことはないだろう。

ヤスは店着にしている藍染《あいぞ》めの甚平《じんべい》を片倉に渡した。自分も同じ甚平に着替えて前掛けをつける。片倉はしばらくのあいだ着慣れない甚平と格闘していたが、やがて身なりを整えたところで、

「出勤簿はどちらに？」

店内を見回している。

「出勤簿なんて高級なものはねえんだ。とりあえず、そうだな、勝手口の酒瓶の山を片付けてから、帳簿の整理でもやっといてくれるかな。金勘定が得意だってきいてるし」

仕事を与えたところで、河岸で仕入れてきた魚の仕込みにかかった。

今日の目玉は鱸《すずき》だ。三キロほどの形のいいやつが手に入った。まずは流しで鱗《うろこ》をひき、出刃で手早くさばいていく。ほかに鰺《あじ》と赤貝も出物が揃《そろ》ったが、せっかくいい食材を仕入れても、このところの客はなかなか注文してくれないのが残念でならない。開店当初は一人五千円は使ってくれたものだが、いまや三千円ほどで帰ってしまう。

魚介類の下処理は、鮮度を落とさないように昼までには確実に終わらせる。この商売、味より技術より衛生管理だ。

「どんな老舗《しにせ》だろうが、事故を起こしたら一発でパーだからな」

十九のときに初めて修業に入った割烹料理屋の板長から、耳にたこができるほど言い含められたものだった。

昼めしを食べて仮眠をとったら、午後は魚介類以外の仕込みにかかる。煮物、串焼き、酢の物、突きだしなどの下拵《したごしら》えをすませたところで開店、というのが毎日の段取りだ。

今日も午前中、ヤスは魚に集中した。片倉はその間、言いつけられた仕事を黙々とこなしていた。まず勝手口の酒瓶の片付けをすませると、テーブル席に帳簿をひろげ、電卓片手に領収書や請求書の束と突き合わせをはじめた。元役人だけに、さすがに帳簿をめくる手つきは堂に入ったものだった。時折、銀縁眼鏡を外してレンズを拭《ふ》いている仕草など、ほんとうに税務調査にやってきた税務署員のように思えてくる。

もともとヤスは、計算したり書きものをしたりといった事務仕事が大の苦手だ。八年前に雇われ板前から独立して一国一城の主になったことから、仕方なく帳簿をつけてはいる。だが、これといって帳簿の勉強をしたわけでもなく、基本的には自己流のどんぶり勘定だ。

「腕はいいんだから、きちんと経営すれば支店の一軒や二軒、出せると思うんだがなあ」

常連客からはよく言われる。

できた女房でもいれば、ひょっとしたらそういうこともできたかもしれない。しかし、若気の至りで離縁されて以来、四十路《よそじ》の今日まで独り身でやってきたし、いまさら妻帯する気もない。その意味からすれば、帳簿慣れした片倉が、できた女房代わりになってくれるかもしれない。行き当たりばったりの経営も多少は改善されるかもしれない。小気味よく響く電卓の音を耳にしながら、ヤスはふと期待してしまうのだった。

「どれ、昼めしにしようか」

魚の下処理が終わったところで片倉に声をかけた。

昼めしはいつも前夜の残り物ですませている。だが今日は片倉の初日とあって、仕入れたばかりの鯵を塩焼きにした。ほかに味噌汁をつくり常備菜のおひたしに冷や奴《やっこ》を添えたら、ちょっとした定食のようになった。

二人でテーブル席についた。いつもは一人で体裁《ていさい》かまわずかっこんでいるのだが、こうして男同士で向かい合って食べていると何とも気づまりなものだった。

すると片倉が箸《はし》を止めて言った。

「ランチはやらないんですか？」

いまどきはどこの店でも、前夜に売れ残った食材を使って数種類の昼定食に仕立て上げて売っている。片倉も役人時代、そうした店をよく利用していたという。

「ランチなあ」

めしを頬張りながらヤスは首をかしげた。正直、これまでも何度か常連にすすめられたことがあるが、残り物を客にだすのが嫌で聞き流してきた。

「ですけど、ちょっと食材の無駄が多すぎる気がしましてね」

ざっと帳簿をチェックしただけでも過剰在庫になっていたり、重複して仕入れていたり、食材管理が大雑把《おおざっぱ》になっている。

「廃棄食材もかなり多いと思われますから、まずは売れ残った食材をランチで一掃《いっそう》する手だてを考えてはどうでしょう。同時に、仕入れの予算と数量を一元的に管理する。それだけで概算でまず二割は粗利率《あらりりつ》を上げられると思うんですよ」

「だがランチはなあ」

「ランチが嫌なら、せめて仕入れの一元管理だけでも確立してはどうです？　それだけでも、かなり粗利率が違ってくる」

「そういうもんかなあ」

そう言いながらもヤスは、さすが大学出のインテリだと感心していた。一元管理だの粗利率だの、ヤスには思いもつかない発想だった。これは片倉の言うとおりなのかもしれない。一元管理とやらを試してみれば、どんぶり勘定経営から脱皮できるかもしれない。

ヤスは片倉に向き直った。

「よしわかった。とりあえず、その一見《いちげん》さんだかをやってみてくれ。むずかしいことはわからねえが、ランチをやらねえでも利益が増えるってことなら悪い話じゃねえし」

その晩は、午後六時の開店と同時に満席になった。ヤスが暖簾をかけたとたん、どこからか背広姿の男たちがあらわれて、五分と経《た》たないうちにカウンターもテーブル席も客で埋まってしまった。

いずれも片倉の顔見知りのお役人らしかった。甚平姿でレジの脇に立っている片倉を見つけると、どの客も「似合ってるじゃないですか」と冷やかす。冷やかされた当人も、仲間内の気安さもあってか満更《まんざら》でもない面持《おもも》ちで、愛想《あいそ》よく注文をとったりビールのお酌《しやく》をしたりしてもてなしている。

気がつくと店内は役所の宴会場のごとき様相を呈していた。県知事を揶揄《やゆ》する冗談が飛び交い、県議の無能さを嘆《なげ》く愚痴《ぐち》がこぼされ、しまいには歌に隠し芸に裸踊りまで披露される始末。役人が束《たば》になるとこんなにも乱れるものかと、酔客には慣れっこのはずのヤスも、いささかびっくりした。

騒ぎは結局、午後十一時半の看板まで続いた。おかげで包丁を握っているヤスはもちろん、片倉も接客の女の子二人も、ひとときたりとも休んでいられないほど忙しかった。

そのとばっちりをうけたのが、あとから来店した常連客たちで、柿本からも、

「満員御礼はけっこうだが、どこで飲めってんだよ」

と苦情を言われたが、それでもヤスは上機嫌だった。お役人たちがよく飲み、よく食べてくれたおかげで、まれにみる売上を計上したからだ。

「義理堅《がて》えんだなあ、お役人ってのは」

暖簾を降ろしながらヤスは感心して言った。

「同じ役所のめしを食った仲間ですから」

片倉は笑った。親子三代県庁勤め、という人間もめずらしくない世界だけに、退庁後も末永く面倒を見合うのは当たり前のことだという。

事実、義理堅さが発揮されたのはその日にかぎらなかった。その後も役人たちは連れだって来店してくれた。役人たちが多忙なときも、役所に出入りの業者が義理立てして押しかけてくれるものだから、片倉がきてくれて以来、営業時間中に空席ができることがなくなった。

まさに片倉効果といってよかった。いい人がきてくれたものだとヤスは満足していた。このところは売上減が続いていて、それがあと半年も続いたら店をたたむ算段もしなければならないと密《ひそ》かに覚悟していただけに、ふって湧いた繁盛《はんじょう》に人知れず胸を撫《な》で下ろした。

「片倉さん、これからもよろしく頼むよ」

ヤスが礼を口にすると、片倉がふと思いついたように言った。

「明日、うちからパソコンをもってきましょう。こうなると、より緻密《ちみつ》な係数管理が必要になりますし」

「よしわかった、やりてえようにやってみてくれ」

ヤスがうなずくと、片倉はさっそく翌日、自前のノートパソコンを手に出勤してきた。

それからというもの、片倉は営業時間がくるまでのあいだ、仕込みに奮闘しているヤスのかたわらでひたすらカチャカチャとキーボードを打つようになった。そして、一週間もしないうちに店の帳簿や各種の伝票類を残らずパソコンに入力してしまった。

さらには、一日の営業が終わると売上伝票の金額、客の人数、注文した品、滞在時間といった詳細をすべて入力しはじめた。ヤスが仕入れから帰れば仕入れ伝票も入力したし、支払いが生じればそれも入力。とにかくありとあらゆる情報を入力することで、店の経営に関するすべての情報を瞬時にして確認できるようにしてしまった。

パソコン音痴のヤスには、その仕組みはもちろん操作方法すらわからない。しかし、とにかくマウスというスイッチをちょこちょこ動かすだけで、総売上から酒類酒肴《しゆこう》類の売上構成比、平均客単価、客の嗜好《しこう》一覧、原価率、客席の稼働率、人件費率、食材の在庫状況、翌日の仕入れ予測、資金繰りの指標といった数字が、たちどころに弾《はじ》きだせるようになった。

その結果、店の経営状況が一目で把握《はあく》できるようになった。勘だけに頼ることなく仕入れや資金繰りの判断が下せるようになった。

やはりインテリ役人はやることが違うと思った。どんぶり勘定オーナーには思いもつかない管理手法を見せつけられたヤスは、ただもう舌を巻くほかはなく、以前、常連客だった経営コンサルタントから言われたことを思い出した。

「オーナーというものは、店のリーダーシップを担《にな》うだけでいいんです。細かい経営実務は有能なブレーンにまかせておいて、オーナー自身はつねに顧客が何を望んでいるかを汲みとり、そのために今後店はどの方向に進んでいくべきかを見極めて決断する。それこそがオーナー本来の仕事なわけですよ」

政治家が民意を反映した指針をぶちあげる。それを官僚がきっちり実践に移す。店の経営もそれと同じことで、売上減少を嘆いている暇《ひま》に、一刻も早く有能なブレーンを見つけなさい。そう助言されたものだった。

片倉こそが、まさにその有能なブレーンというやつなのだろう。実際、片倉は県の官僚だったわけだし、これからの自分はオーナー本来の仕事、リーダーシップを発揮することに専念すべきなのだろう。

深夜、最後の後片づけを終えて、ひとり店のシャッターをガラガラと閉めながらヤスはそう思うのだった。

一か月後。片倉がやってきて最初の月締め集計がまとまった。ノートパソコンに表示された数字を見ると、半年ぶりの黒字が計上されていた。

ヤスは喜んだ。八年前の開店当初も、しばらくは連夜の満員御礼で、黒字続きだったことがある。だが、その当時に比べても、比較にならないほど黒字の幅が大きい。

「やっぱり役人さんは、よく飲み食いしてくれるよなあ」

ヤスが笑みをもらすと、

「いや、それだけではないですね」

片倉がマウスをクリックした。

「たとえば食材廃棄量を前月と比較してみると三割減。これだけ違うわけです。食材廃棄量が下がれば、当然、酒肴原価率も減る。こうした数字を積み上げた結果として、大きな黒字が生まれたわけです」

しかも食材廃棄量を減らすためには、売上伝票から集計した客の嗜好一覧を分析し、客の嗜好に合わせたメニューを仕込む努力が必要だった。またそのメニューをおすすめとして客にプッシュする接客も欠かせなかった。

「つまりは食材廃棄量の削減ひとつとっても、情報を一元管理して営業手法を刷新《さっしん》したからこそできた。早い話が、どんぶり勘定をパソコン勘定に変えた成果なんですね」

「なるほどねえ」

ヤスとしては感心するばかりだった。

もちろん、役人がよく飲み食いしてくれたことも黒字に貢献してくれたことは間違いない。しかしそれ以上に、仕入れから顧客管理まで、片倉が総合的に分析して管理してくれたおかげというわけだ。

役人はろくに働かない。そんな風評が世の中にはある。ほんのひと月前まで、ヤスもそう考えていた。だが、あれは間違いだと思った。もともと役人は、ちゃんと働ける能力を持っている。ただ、その能力を生かせる仕事を与えてやらないから、結果的に働かなくなってしまうのだ。

片倉は続ける。

「つぎの課題は仕入れでしょうね」

「仕入れ？」

「仕入れに関しては、まだまだヤスさんの勘と慣れと情でやっている部分が多い気がします。馴染《なじ》みの仲買のおやじの顔を立てて、これも仕入れよう、みたいな感じですね。それをもっと計量化されたデータをもとに管理していくことで、より効率化、ローコスト化できると思うんです」

「なるほど、言えてるかもしれん。よしわかった。つぎの経営課題は仕入れ革新だ！」

ヤスは張り切った。おれには有能なブレーンがついている。細かいことは片倉にまかせて、自分はリーダーとして積極果敢に攻めていくだけだ。

経営を刷新した『やすべえ』の二か月目がはじまった。この際だからと、自前のノートパソコンで頑張っている片倉に、経営管理用の最新鋭パソコンを買ってやった。設備投資というやつだ。つい先月まで、いつ女の子に辞めてもらおうか思案していたというのに、キチキチながらもそのぐらいの余裕ができた。これだから世の中わからない。波に乗ってくるというのは、こういうことなのだろう。

仕入れに関しては競争原理を導入することにした。気さくな雰囲気の居酒屋であっても、割烹と銘打っているからには、食材の質が第一なのは当然の条件だが、仲買を競わせればより上質の食材がローコストで仕入れられる。

これまでのヤスは以前からの付き合いにひきずられて、多少高くつくことがあっても、馴染みの仲買の顔を立てて仕入れてしまっていた。しかし今後は、情やしがらみにとらわれず、実質本位の取引に徹することに決めた。商売の基本に則《のっと》って、複数の仲買に品質と価格を競わせながら仕入れていくシステムを確立しようと思った。

ふつう、こうした取引方法は規模的に大きな店でなければむずかしい。だが、これからの『やすべえ』は、より大きく発展していくことを前提に経営すべきではないか。そのためには、将来、大規模化しても対応できるシステムを、いまからきちんと構築しておくべきではないか。片倉はそうアドバイスしてくれた。

「ただ、そうは言っても、ヤスさんとしては情やしがらみを断ち切れない面もあることでしょう。そこで当面は、価格交渉などドライな仕切りは、わたしにまかせてくれませんか。この手の仕事は役所でもやっていましたし、そうすればヤスさんは食材の見極めと調理に腕をふるうことに専念できる。経営効率的にもそのほうがスムーズに事が運ぶと思うんですよ」

「よし、そうしてくれ」

ヤスは即答した。

やはり仕事は人材なんだと思った。なりゆきとはいえ、片倉を雇ったことで『やすべえ』は大きく変わろうとしていた。おれにもようやく運が向いてきた。この転機をものにすれば、これまでとはまったく違った人生がひらけることは間違いない。

ヤスは、いつにない興奮に包まれていた。

そんな矢先に問題が持ち上がった。

ある日の午後、毎度の仕込みに追われていると、ふらりと柿本がやってきた。

「近頃、えらく冷てえじゃねえか」

カウンターに腰を下ろすなり、柿本は煙草に火をつけた。

贔屓《ひいき》にしてきた『やすべえ』が盛況なのは常連としても喜ばしい。それはそれでいいとしても、一方でこのところ、かつての常連がずいぶんと冷遇されている。新規の客ばかりがちやほやされて、いつものように飲みにきても店に入れないこともしばしばだ。いったいどういうことだ、とヤスに詰め寄る。

「いまこうして『やすべえ』があるのも、苦しい時期を支えてきた常連がいてこそじゃねえか。それが繁盛したとたん知らん顔ってんじゃ、あんまりじゃねえのか？　ここにきて『やすべえ』を見限って別の店に鞍替《くらが》えする常連も出はじめている。しょせんヤスは、あいう男だったんだ、ってな。おれはまだヤスって男を信じたい。だが、いつまで信じていられるか、ちょっとばかり自信がなくなってきてるがな」

柿本は、つけたばかりの煙草を灰皿に押しつけた。それから、まあちょっと考えてみたらどうだ、と言い添えるなり身をひるがえして店を出ていった。

耳が痛かった。言われてみれば、このところ、かつての常連たちのことはすっかり頭から抜け落ちていた。

しかし、だからといって、どうすればいいのだろう。ここにきて急に、かつての常連だけをえこ贔屓するわけにもいかない。役人や出入り業者たちだって大切なお客さんだ。せっかく業績が上向いてきたというのに、ここで新しい客にそっぽを向かれては元も子もない。店が潰れてしまったのでは常連も何もないではないか。

困惑していると追い打ちをかけるように、店員の女の子たちが頬《ほお》をふくらませてやってきた。

「辞めたいんですけど」

唐突な話だった。茶髪のユウコと短髪メッシュのマサミ。二人ともすでに二年目とあって気心も知れている。それだけに、これからというときに急に辞められても困ってしまう。

「時給が不満なら上げてやってもいいんだぞ。ようやくお客さんも増えてきたことだしな」

ヤスはひきとめた。ところがマサミが口を尖《とが》らせる。

「お金の問題じゃないの。ヤスさんは知らないかもしんないけど、片倉さんったら、やたらうるさいんだから。おしぼりを出してから注文をとる、その順序を間違えただけで、ねちねち文句言われて」

客によっては、おしぼりなんかあとでいいから、とにかくビール持ってこい、という人だっている。それでも片倉は、組織というのはルールと秩序が何より大切だからきちんとやってくれ、と杓子定規《しゃくしじょうぎ》に締めつける。

「そんなことは、おれが許すって。おしぼりと注文の順序ぐらい融通《ゆうずう》きかせていいよ」

「ヤスさんは客席の現場を知らないから、そんなこと言えるのよ。ヤスさんが何と言おうと片倉さんは許してくれないの。物事、悪い前例をつくると歯止めがきかなくなる。例外を認めない断固とした姿勢があってこそ仕事の継続性が保たれるって、わざわざワープロで打った警告文まで渡されたんだから」

「警告文？」

びっくりした。実際の話、片倉がきてから店内の規則はいろいろと増えた。カウンターの内側には『礼の角度は三十度。おしぼり第一ビール第二。香水・マニキュア・ブレスレット厳禁』と貼り紙されているし、トイレの用具箱の脇にも『便座は三十分ごと、便器は一時間ごと、手洗場は二時間ごとに拭き掃除』と書かれているし、ほかにも日々、注意書きが追加され続けている。

それはそれで店のためになることだからいいことじゃないか、とヤスは軽く考えていた。しかし、いざ規則の運用に際して片倉がそこまで厳密に規制して警告文まで突きつけていようとは思ってもみなかった。

「話はわかった。だがとにかく、ちょっと待ってくれないか。いま辞められると、ほんとうに困るんだ」

ヤスは二人の女の子に深々と頭を下げた。


思いきって片倉に相談することにした。片倉の実務能力を頼りに走りはじめてしまったからには、ひとりで悩んでいてもしょうがないと思った。

仕込みの合間に、店の近所の喫茶店に誘った。

注文したコーヒーが運ばれてきたところで穏《おだ》やかに切りだした。常連が不満をもらしていること。店の女の子たちが辞めたがっていること。包み隠さず打ち明けた。

片倉は黙ってきいていた。女の子たちの片倉に対する不満を伝えたときも表情を変えることはなかった。そして、ヤスの話が終わると、おもむろに銀縁眼鏡をずり上げ、

「一石二鳥《いっせきにちょう》の解決策があります」

笑みを浮かべるとヤスの目を見据えた。

「じつはそろそろ提案しようかと思っていたのですが、ちょうどいい機会です、これを機に二号店を出しませんか」

「二号店？」

「二号店を出すと同時に、いまのこの店は本店として以前の『やすべえ』に戻したらどうかと思うんですよ。以前からの常連客は以前どおり自分たちの指定席に座れて、店の女の子たちも以前と同じやり方で働ける状態に戻してあげる。そのかわり、役所の人間や出入り業者といった新規の顧客は、新規のシステムで営業する二号店にすべて吸収してしまう。そうすれば、新旧両顧客の要望に応えられると同時に、事業の拡大まではかれるじゃないですか」

ヤスは黙っていた。思いがけない提案に戸惑っていた。

たしかに話としてはおもしろい。一石二鳥の解決策と言われた意味もわからないじゃない。しかしいまは、ようやく店の立て直しがはじまったばかりの大切な時期だ。いきなり二号店オープンは冒険がすぎるし、それに第一、オープン資金だってない。

「資金でしたら、県の中小企業特別融資を利用すればいいんですよ。いまだったら年利二・〇パーセントの低金利で十年返済。ちょっとした審査さえ通れば、めったにない好条件で融資がうけられます」

「金は貸してくれねえと思うんだ。やっと黒字になったばっかの店だし、担保《たんぼ》だってない」

「なに、心配はいりません。じつは特別融資の担当者はわたしの後輩なんですよ。いまの店の経営権を担保ということにして彼に話を持ち込めば、まず間違いなく審査は通ります、というか通させます」

店舗探しや内装工事、従業員の採用や教育など、二号店オープンまでの一切の仕事も、まかせてもらえれば片倉がすべてやるという。

「これまでこの店の経営をお手伝いしてくるなかで、私には正直、遠慮やためらいがありました。これまでヤスさんが築き上げてきたこの店に新たな手を加えることに対して、後ろめたさもありました。しかし、二号店だったらまっさらな気持ちで一から取り組めます。遠慮もためらいもなしに私の全精力を注ぎ込めば、将来的に『やすべぇグループ』として拡大発展していく道筋をつけられると思うんですよ」

お客はいる。資金の目途《めど》も立つ。開店準備責任者もこうして立候補者がいる。となれば

「あとはリーダーの決断しだいじゃないですか」と片倉は意気込んでみせる。

うーむ、と唸《うな》るとヤスはコーヒーを口にした。

一見、何から何までいいことずくめのように思える。だが、そうなると本店はどうなってしまうのだろう。新しくついた客を二号店に移し、店を以前の状態に戻してしまったのでは、経営状態もまた以前の赤字に逆戻りということにならないか。

「それは違います。以前の状態に戻すといっても、あくまでも営業形態だけです。常連さんや店員の女の子たちにとって心地よい営業形態に戻すだけの話であって、経営の中身自体は、パソコンによる一元管理や仕入れの新規システムなど、今回刷新したままでいくわけです。これなら、本店は本店として創業以来のスタイルを守りつつ、新しいステップに踏みだせるじゃないですか」

なるほど、とヤスは思った。いささか突飛《とっぴ》に思えたアイディアだったが、こう説明されてみると、たしかに一石二鳥の解決策ではある。

「とりあえず、常連さんや女の子たちにも相談されてはどうですか。それでみんなが賛成してくれるのであれば、まさに八方まるくおさまる話じゃないですか」

片倉はそう言って微笑《ほほえ》むと、ゆっくりとコーヒーを飲み干した。

「そりゃいい話じゃねえか」

柿本が相好《そうごう》を崩《くず》した。禿《は》げ上がった額《ひたい》をぴしゃりぴしゃり叩きながら、うん、たしかにいい考えだと、すっかりその気になっている。

「ただ心配な面もないわけじゃない」

ヤスは牽制《けんせい》した。柿本にとっては、以前の指定席が復活するわけだから喜んで当然だろう。だが、こっちにとっては、ついこのあいだまで不振に喘《あえ》いでいたというのに、突如として二店舗のオーナーになってしまうのだ。そうそう手放しで喜んでもいられない。

「なあに大丈夫だって。資金調達は役人がらみ、お客も役人がらみ、おまけに経営にも元役人がからむとなりゃ、いまどきこんな鉄板、ありゃしねえって」

運が向いてきたときは運を逃さねえようにしなきゃな、と背中を叩かれた。

念のため、店員の女の子たちにも打診してみた。すると彼女たちも、いい話じゃないですか、と笑顔を見せた。彼女たちにとっては、目の上の片倉が二号店にいってしまうことが嬉《うれ》しくてならないらしかった。

ここは素直になるべきなのかもしれない、と思った。いずれにしてもいまが勝負どきなのは間違いないわけで、柿本も言うように、ここでみすみす運を逃すことはないじゃないか。ここはひとつ有能なブレーンを信じてチャレンジしてこそ男というものではないか。

ヤスは割り切った。そして、割り切ったその日からわずか二か月後には、片倉の手によって二号店がオープンしていた。

まさに電光石火の早業《はやわざ》というやつだった。その二か月間、いつもの店でいつもどおりに働いていたヤスとしては、ただただ驚くばかりだった。

時折、二号店で雇う板前のことで相談されたり、ややこしい融資契約書に署名捺印《なついん》させられたり、といった雑務もないわけではなかった。しかし基本的には当初の約束どおり、片倉はひとりで二号店開店のすべてを見事に仕切りきった。

ちなみに二号店は駅南口のショッピングアーケード内に開店した。駅北口に程近い繁華街にある本店との競合を避けたロケーションだった。店舗の規模は、雑居ビル二階のフロア百十坪に全百五十席と、本店のおよそ五倍の広さ。若者向け廉価居酒屋チェーン並みの大がかりなしつらえとなった。

これでほんとに採算がとれるんだろうか。初めて店舗を見せられたときは、さすがに背筋が寒くなった。いまどきは規模で採算をとる時代なんですよ、と片倉から説明されても、テーブル席だらけのだだっぴろいフロアに佇《たたず》んでいると、そこはかとない不安が湧き上がってきた。

だがその不安は、開店当日、いっぺんに吹き飛んだ。

真新しい二号店の店頭には県知事や県選出代議士の花輪がずらりと並んでいた。県庁の主要幹部たちもこぞって駆けつけてくれて、広いフロアは大賑《にぎ》わい。とても全員は座りきれず、いつのまにか立食パーティ状態になってしまった店内を目の当たりにして、ヤスはホッと胸を撫で下ろした。

その後も二号店は順調に業績を伸ばしていった。県知事や県庁幹部のご威光もきいたのだろう、役所関係者はもちろん、直接の出入り業者から孫請け業者、曾《ひ》孫請け業者までこぞって来店するようになったからだ。二号店はいつのまにか県指定の割烹居酒屋さながらの様相を呈し、客席は連日、営業時間前に予約で一杯になった。

本店とは違ってランチタイムも営業したり、テイクアウトコーナーも設置したりといった経営戦略も功を奏《そう》した。おかげで開店一か月目にして売上目標の百五十パーセントを達成。片倉にまかせきりだったから詳しい数字は把握していないが、今後もこのペースで売上が確保できれば、県から特別融資してもらった初期投資分を一年で回収できる勢いであるらしい。

「この勢いを止めてはなりません」

開店一か月目の成果を携《たずさ》えて、ひさしぶりに本店にやってきた片倉は意気軒昂《いきけんこう》だった。

「こうなったら、今回の二号店で培《つちか》ったノウハウをそっくり生かして、三号店、四号店、五号店と立て続けに開店してしまいましょう」

いつものように夜の仕込みに精を出しているヤスをけしかける。

「物事にはタイミングというものがあります。不況期は逆に事業拡大のチャンスです。三店舗同時開店ともなれば開店費用も思いきり叩けるし、いまこそ一気呵成《いっきかせい》に攻めるべき時期なんですよ」

「だが、あんた一人で二号店から五号店まで面倒を見るとなると」

「もちろん、それは無理です。ですが、じつはかつての役人仲間で、自分たちも民間に転身して思う存分力を発揮したいという有能な連中がおりましてね」

今回、片倉の転身を見事にサポートしたヤスの元で何とか働けないものか、そう相談されているのだという。しかも新たな転身を夢見ている役人仲間の一人は県南地区出身、一人は県西地区出身、一人は県北地区出身と出身地区がおあつらえ向きにバラけている。各人のゆかりの地区に一店舗ずつ出店させれば、一挙、県内全域に進出できる。

「みんなヤスさんのリーダーシップに惚《ほ》れたやつばかりなんですよ。この際、面倒を見てやってくれませんか」

そこまで言われては、もはやヤスに断る理由はなかった。

「わかった、あんたの思うようにやってくれ」

こうして『やすべえグループ』の快進撃がはじまった。

三か月後には三号店、四号店、五号店の三店舗が一斉にオープンした。それと同時に『やすべえグループ』を株式会社に改組《かいそ》して、時期尚早《じきしょうそう》という反対意見もないではなかったが、各店舗の食材を一括管理する仕入統括センターまで開設してしまった。

「いや、すげえものこさえちまったなあ」

最初に片倉を紹介してくれた柿本も興奮していた。いつものように本店の指定席で中ジョッキを片手に、仕入統括センターがいかにすごい施設だったか、常連のみんなに語ってきかせてくれた。

工業団地の一画に突貫工事で建設した仕入統括センターの電気工事は、柿本が現場監督として働いている電気工事会社が請け負った。柿本は直接の担当者ではなかったが、「常連の使命」として幾度となく現場に足を運んで、施設内の様子をくまなくチェックしてきたという。

「あれだとまず五十店舗は仕切れる規模だから、やすべえグループは目標五十店！ってわけだ。そこにしけた顔して突っ立ってる居酒屋のおやじが、どえらい勝負に出たもんじゃねえか。なあヤス、おつぎはどでかい本社ビルでもぶっ建てんのか？」

ヤスは黙って照れ笑いしていた。そして柿本への感謝の気持ちを込めて、サービスの酒肴を差しだした。

すかさず柿本が、おどけて悪態をついた。

「おいおい、この大恩人様に、ちんけな鯵の叩きかよ」

常連客の笑いが弾けた。

その話を耳にしたのは、ひょんなことからだった。

ある朝、ヤスはしばらくぶりに早起きして河岸に出かけた。三号店から五号店まで三店舗がいっぺんに開店して以来四か月、ヤスがみずから河岸に顔を出すのは初めてのことだった。

寂しくなったからだ。仕入れを一元化して統括管理するということは、すなわち仕入れをすべて人まかせにするということだ。河岸には若いころ修業先の板長に連れられてきて以来、二十五年以上、通い詰めてきた。それが突然、黙っていても『やすべえグループ』のロゴマークをつけたトラックが食材を届けてくれるシステムになってしまったものだから、河岸通いの必要がなくなってしまった。

これには戸惑った。近ごろは個人店でも、仕入れを他人まかせにする板前は多い。しかしヤスにとって他人が買いつけてきた食材に包丁を入れることは、それこそ他人のふんどしで相撲をとるような居心地の悪いことだった。

といって、ヤスだけ勝手に河岸通いをするわけにもいかない。ヤス自身の手で切り回しているのはいまだにやすべえ本店だけだが、立場上は『やすべえグループ』の総帥だ。グループが決めたルールを総帥が破ったのでは示しがつかない。

それでも河岸が懐《なつ》かしかった。だったらせめて雰囲気だけでも味わいにいこう。そう思い立って四か月目にして河岸まで足を運んできたのだった。

　ひさしぶりに長靴履きで場内の仲買業者をめぐり歩いた。店頭の魚を眺めるのが楽しかった。発泡スチロールのトロ箱に入った色とりどりの魚を見て回っているだけで、いまは何月の何週あたりで日本各地がどんな天候か、ヤスには一目でわかった。

　今日はシャコがいいようだ。身が肥えて卵を抱《こ》えたこの時期はまさに食べごろだから、これを仕入れたらサカモトさんが喜ぶだろうな、と常連客の顔が思い浮かんだ。

「これ、小柴《こしば》かい？」

　顔見知りの仲買に声をかけた。産地を確認したのだ。これほどのシャコとなると、まず東京湾の小柴産が通り相場だ。

　ところが、声をかけた仲買が知らん顔をしている。もう一度声をかけようとしたが、素知らぬ顔でほかの客の相手をはじめた。虫の居所でも悪いんだろうか。

　不思議に思いながら、ほかの馴染みの店も何軒か回って歩いた。しかし、どこの仲買もなぜか虫の居所が悪いらしく、まともに相手をしてもらえない。

　とりわけ、マグロ専門の仲買業者、浜中《はまなか》水産のおやじの態度は露骨《ろこつ》だった。ヤスが声をかけるなり、

「ほう、オーナー様のおでましかい？」

ごま塩頭をかりかり掻《か》くなり、ぷいと横を向く。

おやじとはもう二十年来の付き合いになる。仕事をはなれて杯《さかずき》を交わしたことも一度や二度ではない。

ヤスは河岸場外のコーヒーショップに向かった。コーヒーショップといっても、五人も座れば満席になるカウンターだけの小さな店で、うるさい河岸の客を相手に口達者なおばちゃんが一人で切り盛りしている。

ヤスが黙ってカウンターに座ると、おばちゃんが、あらお見限りね、と言うなりこの店名物のミルクコーヒーを差しだした。ここもまた二十年以上通い詰めてきた店だから、黙っていてもこのあとイチゴジャムとバターをたっぷり塗りつけた分厚いトーストも出てくるはずだ。

ところが今日は、トーストの前におばちゃんから咎《とが》められた。

「評判悪いよ、あんたんとこ」

「河岸にこなくなったからか」

「とぼけてんのかい？」

「どういうことだ」

「ほんとに知らないのかい？」

おばちゃんは訝しみながらも、語りだした。

事は、片倉の主導で仕入れ競合制を導入したころからはじまっていた。同じ方法で仕入れをする店はほかにもあるが、それを契機に仲買業者たちの中から反発が生まれた。経理面で仕入れを仕切りはじめた片倉には、やけに買ってやる意識が強かったからだ。

それでも二号店のころまでは不愉快程度のことですんでいたが、『やすべえグループ』が会社組織に改組して仕入統括センターが完成したあたりから仲買業者たちのあいだに不信感が広がった。

談合を強要したからだ。競合する仲買業者たちに事前に入札額と入札業者を話し合いで決めさせ、毎回、高値安定価格で入札を決定。談合による上乗せぶんは片倉たち会社の幹部にキックバックさせてプールしているという。

「よくわかんねえな」

「早い話が、わざと入札価格を吊り上げさせて上前をはねてるらしいのよ」

「まさか」

「まさかって、知らぬはだれかばかりなりだね」

「だったら文句言やあいいのに。うちの会社だって高値買いして損してるわけだし」

「文句言ったら県から圧力がかかるからさ」

「圧力?」

ヤスは驚いた。しかし実際、片倉のやり口に抗議した浜中水産のおやじのところには、先日、突如として県が昨年の県税申告書類の不備を理由に重加算税の納付を言い渡してきた。それはおかしい、とおやじが反論しても県はきく耳をもたない。

「あれで浜中水産が切れちまったんだ。もう金輪際《こんりんざい》、役人の巣窟《そうくつ》なんかとは取引きしねえってカンカンだったんだから」

「役人の巣窟ってことはねえだろう」

「だけどあんたとこの支店の店長も店員も役所関係の人ばっかでしょうが」

いまやホール係もレジ係も県職員からの天下り。板前にしても昨日まで県民会館の食堂にいたおばさんだったりするから、ステンレスの菜切り包丁でマグロの刺身を引いている始末だという。

「知らなかった」

「ほんとに知らなかったのかい?」

おばちゃんが呆《あき》れている。

だが、支店や仕入統括センターのことは最初から片倉にまかせきりだったから、採用や人事の詳しいことなど、ほんとうに何も知らなかった。仕入れ関係の金銭の動きについても、片倉が全店のデータをパソコンで管理しているから、ヤスには一切わからない。黒字が出ました、と言われて、よかったよかったと喜んでいただけの話なのだ。

「あんた、しっかりしないとだめだよ。それじゃいいようにやられちまってるだけじゃないか」

返す言葉がなかった。ヤスは残りのミルクコーヒーを一息に飲み干すと、ようやく出てきたトーストには手をつけないまま席を立った。


本店を臨時休業にして柿本を飲みに誘った。閉店後に自分の店で飲んだことは何度かあったが、よその店にわざわざ二人で飲みにいくのは初めてのことだった。

わざわざタクシーを拾って街外れの小料理屋に向かった。暖簾をくぐると細長いカウンターの奥に小上がりがあった。襖《ふすま》を閉めれば個室状態になることから、事情を話してそこに上がりこんだ。

いろいろ考えた末、知った顔に会わない場所で柿本に相談することにした。

コーヒーショップのおばちゃんの話に衝撃をうけたヤスは、周囲の人間にも探りを入れてみた。すると、ほかにも呆れた実態がつぎつぎに浮かび上がってきた。

談合を強要してキックバックさせた裏金をプールしているのは事実だった。それにも増して呆れたのは、黒字収支をいいことに日々の売上金からも金を抜いているふしがある。アルコール類を一手に納入している酒問屋、割り箸《ばし》や紙ナプキンなど消耗品を納入している業務用品業者といった出入り業者からも無理やりキックバックさせているらしい。ほかにも、あらゆる機会をうかがっては不正蓄財に励《はげ》んでいることはまず間違いなかった。

「それを全部、片倉が仕切ってるのか？」

柿本にきかれた。ヤスは柿本の杯に酌をしながら答えた。

「もちろん、どれもこれも片倉が関係してなきゃできねえことだ。情けねえ話だが、うちの会社の経営はやつが仕切ってるようなもんだからな。ただ、ひとつわからねえのが、なんでそこまでやるかってことだ。自分の会社が潤えば片倉だって潤うわけで、不正蓄財なんてことをしたって意味ねえと思うんだ」

すると柿本がヤスを見た。

「いや、やつらにとっちゃ意味があることかもしれねえぞ」

もともと県の役人の天下り先といえば圧倒的に土建関連業界だった。ルートは主に二つあって、一つは破格の待遇で土建関連会社に直接天下るルート。もう一つは、土建関連業界とつるんでつくった半官半民の第三セクターの幹部に天下るルート。この持ちつ持たれつの関係に政治家の口利きも絡んで三者が甘い汁を山分けする。そういった関係になっている。

ところが、長期的な土建不況のおかげで土建関連会社は屋台骨が揺らいでいる。第三セクターの事業も軒並み破綻《はたん》しはじめ、三者の甘い汁関係が崩壊しはじめた。事実、柿本が勤める電気工事会社でも県からの天下り要請に応えきれなくなってきている。

行き場を失った役人は、土建関連業界以外の天下り先をそれぞれに模索しはじめた。その結果、たまたま柿本の会社からヤスの店を紹介された片倉は、なりふりかまわず飲食業界への食い込みを開始した。

「大方、そんなところだろうな」

柿本は腕を組んだ。

「そこまでするのか、役人ってのは」

ヤスは唇を噛《か》んだ。

「そりゃするさ。なんせやつらは役人一家の継続性しか考えていねえ。自分らの先輩がこうしてくれたから、自分らの後輩にも同じことをしてやる。そのためには嘘もつけば不正にも手を染める。裏切りもすりゃあ見殺しにもする。県の職員だけじゃねえ、中央官庁の役人だってなんだかんだ不祥事を起こしてきたろうが。製薬会社とつるんで患者を見殺しにしたり、年金を横流しして天下り用の豪華施設をつくっちまったり」

結局、その根本は中央も地方も同じこと。今回の不正蓄財にしても、今後、役所とのパイプを維持するための裏金づくりに違いない、と柿本は断言する。

「呆れたもんだな」

ヤスが嘆息すると、柿本がふいに、申し訳ねえ、と頭を下げた。

「あんたが謝ることたねえだろう」

「もとはといえばおれが持ち込んだ話だ。あんなやつを紹介したうえに、やつの支店オープン作戦に太鼓判《たいこばん》まで押しちまった。ほんとに面目《めんぼく》ねえ」

ヤスは黙って酒をすすめた。柿本だけが悪いわけじゃない。それぐらいヤスにもわかっている。

ただ問題は、これからのことだ。このましてやられてばかりでは腹の虫がおさまらない。といって、ではどう対処したらいいのか、それもわからない。

すると柿本が顔を上げた。

「役人に付け入られそうになったときの対処法は二つある。泣き寝入りして役人と共存するか、腹を括《くく》って闘うか」

「泣き寝入りは性《しょう》に合わねえ」

ヤスはきっぱり言った。

「だったら正面切って喧嘩《けんか》しようじゃねえか。とりあえずおれの知り合いの弁護士に相談してみるよ。今回のことはおれにも責任がある。こうなったらとことん付き合わせてくれ」

それから一週間。夕方になって突然、柿本がやすべえ本店に駆け込んできた。ヤスは午後の仕込みを終えて、開店まで仮眠をしようと椅子を並べて横になりかけたところだった。

「えらいことになった」

息を弾ませて柿本が言った。ヤスは椅子から立ち上がると、中ジョッキに生ビールを注いでテーブル席に置いた。しかし柿本は生ビールには手をつけずに話しはじめた。

「おめえの会社だけどな、あれ、おめえだけの会社じゃねえぞ」

「どういうことだ？」

「『やすべえグループ』は、おめえと県が共同出資して設立された第三セクターだった」

「第三セクター？」

ヤスは眉を寄せた。たしかに県から融資はしてもらった。だが共同出資の第三セクターなんてものを設立した覚えはない。

「覚えはなくても、そうされちまった。おめえは、飲食施設開発を通じて地域発展を促進する半官半民の第三セクター、株式会社『やすべえグループ』の代表取締役だ」

「株式会社は半官半民じゃねえだろう」

「第三セクターは財団法人でも社団法人でも株式会社でもありって話だ」

柿本が相談を持ちかけた知人の弁護士からきいたという。第三セクターのことを突き止めたのもその弁護士で、法人登記簿を調べたところ発覚した。

むろん、これも片倉がやったことなのは間違いない。役人の天下り先の確保には、単なる民間企業より第三セクターのほうが断然有利だからだ。

そこで弁護士は一策を講じた。不正蓄財疑惑について県側にカマをかけてみたのだ。第三セクターに不正疑惑があるが、もしほんとうにそんな不正が行われているとしたら、県の責任も問われかねませんよと。

県側の反応は素早かった。非公式ながらも、「県としてはあずかり知らぬことだが、仮にそうした不正が行われているとすれば経営トップの責任は大きい。場合によっては県が原告となって株主代表訴訟も辞さない」と返答してきたのだ。

「とんでもねえ連中だぜ」

柿本はいやいやをするように首を左右にふった。

「どんなふうにとんでもねえんだ？」

ヤスには、まだ事態が呑み込めていなかった。

「やつらは脅《おど》しをかけてきたんだ。不正蓄財疑惑を騒ぎ立てるなら逆提訴する。それでもいいのかと」

「逆提訴だと？」

ようやく呑み込めたヤスは気色ばんだ。

「盗人猛々《ぬすっとたけだけ》しいとはこのことだって弁護士も呆れてたよ」

柿本もあらためて憤慨《ふんがい》している。ヤスは拳《こぶし》を握り締めた。

「むこうがそういう了見《りょうけん》なら、よし、うけて立とう。こうなったら本気で闘って、やつらを叩き潰してやろうじゃねえか」

ところがなあ、と柿本は禿げ上がった額をこりこり掻いた。

「弁護士の話だと、逆提訴されたらこっちに勝ち目はねえらしい」

「そりゃねえだろう、正義はこっちにある」

「正義はあっても理屈が立たねえんだ。考えてもみろ、社内不祥事の責任はすべて代表取締役にある。出資者の県は、あくまでも被害者だ」

「馬鹿言うな」

「しかも話はこれだけじゃ終わらねえ。やつら、脅しをかけてきた翌日に、こんどは取引をもちかけてきやがった」

このままでは現社長が窮地に立たされることになるが、県としても心情的には、かつての共同出資者を追い詰めるに忍びない。そこでものは相談だが、もし現社長が経営権を委譲する気持ちがあるならば逆提訴はとりやめてもいい。そう弁護士に告げてきた。

「これがどういう意味か、わかるよな?」

ヤスは黙ってうなずいた。

逆提訴に至った場合、ヤスはトップの座を追われたうえに、会社の損失に対する弁済金まで背負わされることになる。それでは可哀相《かわいそう》だから、そうなる前にみずから身を引いてはどうですか、と県は迫ってきた。

「ようするに『やすべえグループ』を合法的に乗っとる作戦にでたってわけだ」

柿本は嘆息すると、すっかりぬるくなってしまった生ビールを口にした。

ヤスは考え込んでいた。もはや怒る気力すら失《う》せていた。このところ片倉とは顔も合わせていないが、これが大学出のインテリってやつの正体なのだと思った。といって、いまさら片倉の非を証明しようにも、経営データはすべてやつに握られている。そのデータが都合よく改ざんされているだろうことも目に見えている。

結局、何もかも丸投げして人まかせにしていたおれが馬鹿だったたってことか。ヤスは自分を責めた。まさに愚かな自分が呼び寄せた悪夢といってよかった。

「おはようございまあす！」

そのとき、茶髪のユウコが出勤してきた。続いて短髪メッシュのマサミも店に飛び込んできた。

もうそんな時間か。ヤスは時計を見た。こんな状況とも知らずに、二人はいつものように藍染めの店着に着替えると、てきぱきと店の中を掃除しはじめた。

そんな二人を見ているうちに、急に不憫《ふびん》な気持ちが湧き上がってきた。

もし経営陣を二分した泥沼の提訴合戦になったら、彼女たちにも間違いなく迷惑をかけてしまう。何の罪もない彼女たちまでもゴタゴタに巻き込んでしまう。

そう思った瞬間、ヤスは吐き捨てた。

「くれてやる、こんな会社なんざくれてやる」

「おいおい」

柿本が慌《あわ》ててなだめにかかる。

「まだ打つ手はあるはずだし、それに第一、このままじゃ悔《くや》しいだろうが」

「そりゃ悔しい。とてつもなく悔しい。だが、こうなっちまったからには、もうほかに打つ手はねえし、もとはといえばおれの責任だ。だから今夜の営業を最後に、おれは身を引く。そうすりゃ、この店は続くし、みんなもいつもどおりにやっていける」

「馬鹿野郎！」

柿本がふいに立ち上がるとヤスに詰め寄った。

「やすべえって店は、おめえ一人の店じゃねえ、おめえとおれたちみんなの店なんだ。おめえとおれたちが揃っていなけりゃ、やすべえはやすべえじゃねえんだよ！」


事件が起きたのは、それから三日後のことだった。

その晩も『やすべえグループ』の各店は、いつものように大盛況だった。ただし本店を除いては。三日前のあの晩、柿本と女の子たちが懸命に説得したものの、もう店はやらん、の一点張りでヤスが店に出てこなかったからだ。

最初に事件が発覚したのは、各店が閉店した深夜十一時半過ぎのことだった。二号店で飲食して帰宅した客が突然、激しい嘔吐《おうと》に見舞われて救急車を呼んだ。それを契機に県内各地で一一九番が相次ぎはじめ、結果的にはその晩、やすべえグループで飲み食いした百人以上もの客が病院の世話になることになった。

だれの目にも明らかな集団食中毒事件だった。患者の症状自体は、いずれも軽かったもの、ただその規模の大きさに波紋がひろがった。なにしろ営業していたグループ全店から大量の食中毒患者が発生したのだ。

基本的にどの患者も何かしらのかたちで県に関係した人間だった。しかし、ここまでの規模の集団食中毒ともなると、たとえ身内同士であっても隠し通せるものではなく、事件はまたたくまにニュースとなって全国に伝えられた。

この不祥事に油を注いだのがやすべえグループの対応だった。事件発生当初から会社側は何らの対応策も講じなかったばかりか、マスコミの取材にも一切応じなかったからだ。

いや、これだと正確ではない。実際は、事件翌日の夕方、たまたまテレビで見てこの事態を知ったヤスが、記者会見に応じようと二号店の現場に駆けつけた。

ところが片倉をはじめとする幹部社員たちから、記者会見前に緊急役員会を開いて今後の対応策を検討したいと迫られてホテルの一室に移動した。そして、そのまま缶詰状態にされて、のらりくらりと続く対策会議に参加させられているうちに二日が過ぎてしまった。

いっこうに埒《らち》が明かない会議に業《ごう》を煮やしたヤスがホテルを飛びだしたのは事件が発生して三日後の午後だった。その足で二号店に向かい、店の前に立っての記者会見に臨んだものの、時すでに遅すぎた。

代表取締役として平身低頭《へいしんていとう》、謝罪を繰り返すヤスに対して記者たちの厳しい追及の声が飛び交い、その模様は全国の茶の間に中継された。

ヤスにとってはまさに針のムシロというやつだった。ヤスにも言い分はいろいろとあった。しかし、それをいま言い募《つの》ったところでどうなるものでもなく、ヤスはひたすら謝り続けるしかなかった。

ところが、その翌日になって事態は意外な展開を見せた。食中毒の原因を調査していた県管轄の保健所が、調査結果を発表したからだ。

公表された文書にはこう記されていた。

『当該各飲食店が食中毒の発生地点とは認められるものの、発生諸因との因果関係は現在のところ認められない』

典型的なお役所作文だったが、要するに、食中毒が店の責任で起きたとは言いきれない、と表明している。

これで事態は一気に沈静化に向かった。こんな曖昧《あいまい》な調査で終わらせていいのか、と批判したマスコミも一部にないではなかった。それでも、これが事件の終焉《しゅうえん》を告げるセレモニーとなって、その直後に陰湿ないじめ殺人事件が起きたこともあり、マスコミと世間の関心は瞬《また》く間に引いてしまった。

この国では常套手段ともいうべき幕引き劇だった。結局は、だれかを庇《かば》うために段取られたシナリオに基《もと》づいて、だれがどう悪かったのか、具体的な責任追及は何もなされないますますべてが終わらされてしまった。

それからしばらくして、やすべえグループは倒産した。

これもまた、だれが責任をとるわけでもなく、一連の出来事への県の関与を闇に葬《ほうむ》り去るかのようなひっそりとした消滅の仕方だった。


客の車を誘導していると柿本が姿をあらわした。マイカーであふれ返ったスーパーの駐車場。どこできき つけたのか、警備員の制服姿で奮闘しているヤスを見つけるなり、禿げ頭を掻きながら近づいてくる。

一年ぶりの再会だった。

だがヤスは知らん顔していた。日曜日のスーパーには平日の三倍の車が押し寄せる。しかもサンデードライバーは車に乗りつけない連中ばかりだから、車庫入れは下手だわ、状況判断は鈍《にぶ》いわで、これまた平日の三倍は手がかかるから、とても柿本の相手などしていられない。

しかし柿本はおかまいなしに笑いかけてきた。

「やっと見つけたよ。ちょいと頼まれてほしいことがあってな」

「頼まれ事はもうたくさんだ」

ヤスは白いカローラに停止を命じながら言った。

「心配するなって、また天下りを押しつけたりするわけじゃねえから。じつは、おれを常連客から従業員に転身させてもらおうと思ってな」

ヤスは誘導の手をとめた。その瞬間、柿本が深々と頭を垂れた。

「やすべえを再開してくれ。ヤスにカムバックしてほしい」

「馬鹿言うな」

ヤスは再び車を誘導しはじめた。すると柿本がヤスの前に回り込んできた。

「会社を辞めてきた。二十五年ぶんの退職金が入ったから、わずかだが開店資金になる」

思わず柿本を見た。柿本は照れ笑いした。

「おめえにはえらく迷惑をかけちまったから、償《つぐな》いの意味でも二人で店を再建したいと思ってさ。やすべえグループは潰れてよかったと思うが、元祖やすべえがないことには寝覚めが悪くていけねえ。ユウコとマサミにも声をかけたらやりたがってたし、元の常連も大賛成してくれた」

ヤスは警備帽を脱いで汗をぬぐった。正直、どう返答したものかわからなかった。

クラクションが鳴らされた。早く誘導してよと若い主婦が催促している。ヤスは慌てて警備帽をかぶり直して空《あ》いている駐車スペースに導いてから、ふと思いついて言った。

「一つ条件がある」

柿本に向き直ってその目を見据えると、

「配電盤をいじるな。それが条件だ」

「配電盤？」

問い返す柿本の耳元に低い声でささやいた。

「仕入統括センターの配電盤いじったの、あんただろ」

電気工事を請け負った会社の人間であれば、こっそり冷蔵倉庫の電源をオフにすることぐらいわけはない。そして一晩、温度管理されなかった食材を無神経な調理担当者が使用すればどうなるかぐらい、だれにだってわかる。

柿本はすっと目を逸《そ》らすと、きれいに晴れ上がった空を見上げた。

「仮におれの仕業《しわざ》だったとしても、結局、やつらはまんまと逃げきっちまった。ああいう連中をとっちめる方法はねえもんかと、つくづく考えちまうよ」

「とっちめてやんなきゃなあ」

ヤスもゆっくりと空を見上げた。すると柿本が手を差しだしながら言った。

「配電盤はいじらん」

そのとき、またクラクションが鳴らされた。しかし、ヤスはそれを無視して柿本の手を握り返すと、

「さて、忙しくなるぞ」

そう言うなり駐車場の出口に向かって歩きだした。

資格ファイター

合格しても嬉《うれ》しくもなければ感動もしなくなったのは、いつのころからだろう。

郵送の合格通知だから感慨が湧かないのかもしれないと思って、わざわざ合格発表の掲示を見にきたというのに、受験番号0245番・榊原勇一郎《さかきばらゆういちろう》と記されているのを見ても、ああそうなんだ、といった、いたって事務的な気持ちしか湧いてこない。周囲では、おお、と声を上げる中年男や、受かった受かった、と携帯電話をかけてはしゃいでいる女性など、この場にふさわしい合否ドラマが繰り広げられているというのに、ひとり勇一郎だけが無表情に掲示板を見上げている。

こんなことをやり続けることに何の意味があるのだろう。

勇一郎は大きな欠伸《あくび》をすると掲示板を離れて歩きだした。

そのとき、声をかけられた。

「あかんかったか、にいちゃん」

小太りのおやじだった。真赤なジャージの上下にセカンドバッグを手にして、首からは携帯電話を吊り下げている。

「そないな暗い顔せんとき。わしもあかんかったんや。宅地建物取引主任者をとっといたら食いっぱぐれへん言われて色気だしたんやけど、こないにみんな目の色変えて受験しとる思わんかったで。受験料七千円、参考書代二万円。大損こいてもうたわ。キャバクラ行って、ねえちゃんのおっぱい揉《も》んでたほうがよっぽどよかったで」

大口を開けて笑うと、ま、おたがい次回もがんばろやないけ、と勇一郎の肩を叩く。

「いえ、べつにだめだったわけじゃなくて」

「なんやと？」

「なんというか、合格はしたんですけど」

とたんにおやじが顔色を変えた。

「にいちゃん受かったんかい」

「すいません」

「謝ることないやろ。そらめでたい話や、受かったなら受かったで、なんでもっと嬉しそうな顔せえへんねや」

「すいません」

「せやから謝るなて。辛気《しんき》臭いにいちゃんやなあ。これで晴れて宅地建物取引主任者やろが、会社で出世も決まったようなもんやで」

「いえ、会社は関係ないんで」

「そしたら独立開業か」

「そうでもなくて」

「はっきりせえ、どないするつもりや」

「ていうか、ぼくは、ただ試験を受けてみただけで」

「受けてみただけ？」

「資格をとるのが趣味というか、暇《ひま》つぶしというか」

「にいちゃん、暇つぶしで合格されたら、わしら立場ないわ」

「すいません」

「謝るなて」

「すいません」

「けど趣味いうことは、ほかにも受けとるんか」

「まあいろいろと。もうすぐ三百にはなりますから」

「三百う？　資格いうんは、そないにぎょうさんあるんかい」

もちろん、ある。国家資格、公的資格、民間資格、合わせて三千以上あると言われている。しかも一説には、年間二百の新しい資格が誕生して百の資格がなくなっている、と言われているから、それを考えれば、二百や三百とったところで驚くほどのことはない。

「なに言うてんねん、びっくり仰天《ぎょうてん》することやないけ。けど、どんなんとったんや」

「ですから、危険物取扱者、救急法救急員、情報処理技術者、通関士、販売士、公害防止管理者、電気工事士、社会保険労務士、小型船舶操縦士、ねずみ衛生害虫防除技術者、ビルクリーニング技能士、古物商免許、愛玩《あいがん》動物飼養管理士、アマチュア無線技士、英語検定二級、珠算検定三級、簿記三級、催眠技能士、レタリング技能検定、消費生活コンサルタント、DIYアドバイザー、読書アドバイザー、森林インストラクター、ボイラー技士二級、狩猟免許、レクリエーション・コーディネーター、ええと、それから」

「ちょっと待て。にいちゃん、なんでもありやな。レクリエーション・コーディネーターて、そんな資格もあるんか？　おちょくっとんちゃうやろな」

そんなことはない。生涯スポーツやアウトドア活動の企画提供を通じて、地域を活性化させる人材育成のために生まれた、れっきとした公的資格、それがレクリエーション・コーディネーターだ。

「そら知らなんだ。しかし、よう頑張ったもんやな。なかなか合格でけへん資格もあったやろうし」

「いいえ、受験のコツさえつかんでしまえば、そうでもないんです。全部一回で合格できましたし」

「勝率十割か、そらたいしたもんや」

「それほどのことは」

「それほどのことあるて。にいちゃん天才ちゃうか？」

「それほどのことは」

「ある言うてるやろが！」

「すいません」

「よし、気に入った。呑みにいこ。立ち話もなんや、一杯奢《おご》らせてんか」

「でも」

「なんや、合格したからて落ちたもん見下してるんか？　哀れな負け犬が頭下げて頼んどるいうのに、きいてくれへんのか？」

「そういうわけじゃ」

「ならええやんか。これも何かの縁や、パーッといこ、パーッと。天才にいちゃんと厄払《やくばら》いや！」

企画計画室にまわされて三年になる。

以来、勇一郎の名刺には企画計画室長の肩書きが刷られているが、じつは、企画計画室の人員は勇一郎ひとりしかいない。おまけに何を企画計画するか命じられていないため、やるべき仕事もない。早い話が、まだ二十八歳だというのにリストラ候補の中高年社員のごとく、たそがれた毎日を送っている。

会社としては勇一郎を辞めさせたいと思っている。しかし勇一郎は、会社の有力取引先の取締役を務めている父親のコネで入社した。つまり、そう簡単には辞めさせられない事情があるというわけだ。

といっても、最初からリストラ候補だったわけではない。コネ入社とはいえ、期待の新人だったころだってある。

幼いころから塾通いに明け暮れてきた勇一郎は、テストを受けるのが大の得意で、学校のテストだけでなく各種の資格試験にも積極的に挑戦してきた。

中小企業診断士、社会保険労務士といった本格派の国家資格から、英語検定、速記技能検定、珠算能力検定、毛筆書写検定、電卓技能検定、ワープロ技能検定といった公的資格や民間資格まで、大学卒業の時点で百近くも資格を取得していた。おかげで履歴書には用紙を追加して資格名を書き連《つら》ねたほどで、この迫力には会社側もコネ入社というフィルター抜きで将来を嘱望《しょくぼう》したものだった。

ところが、テストにはめっぽう強い勇一郎も、ビジネスの現場にはからっきし弱かった。当初は営業本部に配属されたものの、入社早々、先輩社員がまとめかけていた大商《おおあきな》いを、つまらない失言で取引先を逆上させてふいにした。それを皮切りに、あとはもうやることなすこと裏目に出てばかりで、直接間接に犯した失敗は数限りなく、新入社員としては桁違いの損失をもたらした。

これには会社側も慌《あわ》てて、これ以上損失を計上されるよりは勇一郎の父親が引退するまで飼い殺しにしようと決めた。そして急遽《きゅうきょ》、企画計画室を新設して勇一郎の幽閉《ゆうへい》にかかったのだった。

こうして勇一郎は入社三年にして閑職《かんしょく》に追いやられた。といって父親の手前、辞表をだす勇気もなく、ただ出社しては時間をつぶす日々に甘んじてきた。

そんなある日、あまりの退屈さに耐えきれずに暇つぶしにはじめたのが、かつて熱中した資格試験だった。

まずは、あらゆる資格試験の資料を取り寄せて受験日の一覧表をつくり、受験日から逆算して受験勉強に取り組んだ。資格試験といっても司法試験、公認会計士試験といった最難関の国家試験もあれば、集中して三日も勉強すれば取得できる民間資格もある。難易度の異なる資格をとりまぜて、メリハリのきいた並列学習スケジュールを組み立てて片っ端から取得していった。

だが、前向きに取り組めたのはせいぜい二年だった。閑職勤めも三年目に入って資格取得数が二百の大台を超えたころから虚《むな》しさを感じはじめた。

こんなことに情熱を注いで何になるのか。挑戦というものは将来への希望があるからこそ意味がある。暇つぶしの結果として合格証書を何枚もらったところで、喜びも感動も何もない。

とりわけ、今回受験した宅地建物取引主任者は、国家資格の中でも人気の高い資格だ。不動産関係は何となく苦手で後回しにしてきたせいでいまごろ受験したのだが、試験会場のこれまでにない熱気には圧倒された。

「つくづく自分がいやになりました。会社も受験もすべてが中途半端な自分に比べて、ほかの受験者たちの目の輝きといったらもう」

勇一郎は三杯目のチューハイの残りを一息に呑み干《ほ》した。

場外馬券売場の近くの居酒屋にいる。午後の明るいうちから呑めるからと、ひょんなことから出会った小太りおやじの山本寛治《やまもとかんじ》、略してヤマカンに連れてこられた。店の中はヤマカンによく似たおやじたちであふれ返っていて、ぐだぐだとホッピーやチューハイをあおっている。

「がたがた言わんと辞めたらええやんか、そないな会社」

ヤマカンが言った。昼酒の酔いにまかせて愚痴《ぐち》りはじめた勇一郎に苛《いら》ついている。

「でも辞めたってやりたいことがないし」

「そないに資格もっとったら、なにやったかて食うていけるやないけ。勉強嫌いで高校中退したわしなんか潰《つぶ》しきかへんで。しゃあないから一発勝負の芸能界に飛び込んで、付き人からはじめてプロダクション立ち上げるまでになった。けどこの世界、タレントが売れてるときは天国やけど、いったんあかんことになったら潰しがきかんねや。そやから不動産屋も兼業しよか思たら落第しよるし」

「でも逆に、そういう勝負師的な生き方も、ぼくみたいな人間から見たらうらやましいというか」

この歳になっても父親に気兼ねして、不本意な日々を甘受《かんじゅ》している自分がつくづく情けなかった。しがらみを断ち切って、がつんと勝負できたらどんなにすっきりすることか。

「それ言うたら、にいちゃんかて勝負師やないか。にいちゃんは立派なファイターや」

「ファイターなんかじゃないですよ」

勇一郎が苦笑するとヤマカンが身をのりだした。

「いいや、にいちゃんは掛け値なしのファイターや。資格試験の熱闘リングで暴れまくる勝率十割の資格ファイターや！」

「勘弁してくださいよ」

「そういう弱気やからあかんねや。まだ若いんやから、ばーんと辞表叩きつけて、がーんと気張ってみたらどないや。わしと違うてそんだけ資格あったら、不動産屋でも英語塾でも船乗りでも猟師でもボイラーマンでも、選び放題やないけ」

「それはそうですけど」

「煮えきらんやっちゃなあ。ほならにいちゃん、しばらくわしに身い預けてみんか？」

「身い預ける？」

「いま、ぱちーんと閃《ひらめ》いたんや。にいちゃんを一発、デビューさせたらおもろい思てな」

「ぼくは音痴ですよ」

「歌手やないて、資格ファイターや。にいちゃん、意外とルックス悪ないし、アイドル路線の資格ファイターとして売りだせる思てな」

「アイドル路線の資格ファイター？」

思わず吹きだした。しかしヤマカンは真顔《まがお》だった。

「冗談言うてるんやないで。K-1に対抗して、そや、知の格闘技S-1ちゅうのはどや」

「S‐1?」

「Sは資格のSや。キャッチコピーも思いついたで」

連戦連勝の資格ファイター参上!

三百連勝めざして、ついに日本一の難関、司法試験に参戦だ!

試験前夜、究極の合格祈願イベント、東京ドームにて熱血開催!

S‐1ファン二百万人の声援に応えて飛躍しろ、資格ファイター!

「どや、こらいける企画やで。S‐1ブーム、巻き起こせるで」

自分の思いつきがよほど気に入ったのか、すっかりその気になっている。

勇一郎は戸惑《とまど》っていた。どう反応していいものかわからなかった。するとヤマカンがたたみかけてきた。

「ほなら期間限定でどや。二年間だけわしに身ぃ預けてくれへんか。そんならええやろ。わしは本気やで。このままやと首吊らんとあかんのや。哀れなおっさん助ける思て、期間限定でええんやから、な、このとおりや」

「二年間だけ、ですか」

勇一郎が考え込んでいると、

「よし、決まりや。さっそく事務所のスタッフと戦略会議に入るで!」

ヤマカンは勝手にそう決めるなりチューハイの残りを呑み干して、勇《いさ》んで居酒屋を出ていく。

「あ、ちょっ、ちょっと」

慌てて勇一郎も店を飛びだした。そのとたん、お客さん、と呼びとめられた。

結局、呑み代は勇一郎が払わされた。

木造アパートの二階に上がると、破れかけた千社札《せんじゃふだ》が貼られたドアがあった。『ヤマカン興行プロ』。ここがヤマカンが経営している芸能プロダクションらしかった。

「帰ったで！」

ヤマカンが派手な音を立ててドアを叩くと、パジャマ姿の中年女があらわれた。化粧をしていたのか、半端《はんぱ》に塗られた顔にはまだ眉毛がない。

「タレントめっけたで」

ヤマカンが告げると中年女は、ふうん、と鼻を鳴らした。この女が、ヤマカンが言っていた事務所のスタッフらしい。

カップ麺の空き容器が積み上げられた台所を通って、コタツの台が置かれた部屋に入る。

コタツの台には、缶ビールの空き缶とコンビニ弁当の食べ残しが散らばっている。ヤマカンは、がさごそまとめて屑《くず》カゴに突っ込むと、ビール、と中年女に命じてから、

「さて、戦略会議やるでえ」

揉み手するように両手を擦《こす》り合わせた。

「奥さんですか?」

勇一郎は冷蔵庫を開けている中年女を指さした。

「あほ、奥さんたらもんはとっくに逃げた」

「そうですか」

「そうですかやないやろ。おいマサエ、このにいちゃんはな、おっと、まだ名前をきいとらんかった」

「榊原勇一郎です」

「かたい名前やなあ。もっとナウなヤングっぽい名前にならへんか」

「ナウなヤング、ですか」

「せやから横文字とかカタカナとか、そないなインパクトがほしい言うとるんや。たとえば、勇は英語のYOU。一郎のほうは、カタカナでイチロー。ほいで、YOUイチロー。ええやないか。こらごっつナウい名前思うやろ、な、マサエ」

「好きにしたらええわ」

ため息をつきながらマサエが缶ビールをもってくると、しげしげと勇一郎の顔を眺《なが》める。

「まあ悪いことないけど、華《はな》がないんやない？」

「華なんてもんは後づけでええんやて。タレントの顔は、人気とともに変わってくるもんや。まあ見とけ。あと半年もしよったら、YOUイチローが登場したとたん、ねえちゃんがキャーキャー騒いでションベンちびり倒すスターになっとるで」

「いっつもそれや」

マサエはぷいっと横を向くと眉毛を描きはじめる。ヤマカンはかまうことなく続けた。

「まずは旗揚げ興行や。何事も最初が肝心やからな。ここは一発、バーンと難関試験に挑戦状を叩きつけるイベント、仕込んでやろやないけ。客とマスコミ煽《あお》りまくって、わっと注目が集まったところで見事に一発合格。どや、この段どり。のっけからファンを、たまげさせたろやないけ」

「ファンなんかいませんけど」

「あほか、そんなもん、つくればええんや。この世界は初めにファンクラブありきや。YOUイチローがあらわれるたんびに、サクラのねえちゃんにキャーキャー叫ばせてみい。

あらまあ人気者なのね、たら言うて、ほかのねえちゃんたちも勘違いしよる。そうなりよったらしめたもんや。勘違いも山と積もれば本物になりよる。あとは雪だるま式ってやつでねえちゃんがねえちゃん吸い寄せて、あっというまにファンクラブ会員一万人や。一万人やで。おい、電卓」

マサエが電卓を投げつけてきた。すかさずヤマカンは、かちゃかちゃ叩きはじめる。

「ええか、ファンクラブ会員一万人集めたとして、ひとり年間三千円の会費やったら、それだけで年間、一、十、百、千ときて、おいおい年間三千万円の儲《もう》けやないけ。五万人集めたら、こうこうこうときて一億五千万円」

「ジャニーズ事務所は百万人おるて週刊誌に書いてあったで」

マサエに言われてヤマカンはまた電卓を叩きなおすと、

「うひゃあ、年間三十億円やで！」

それぐらい暗算できないのだろうか、と思いながら勇一郎も驚いた顔をして見せた。

「こらごっつい話になってきたで。ファンクラブ会費だけで三十億がっぽりやったら、そらジャニーズ、ビル建つはずやで。それに、そや、こうなったらプロフィールもつくらなあかんな」

「プロフィール、つくるんですか」

「そら人気もんには波乱万丈の泣かせるプロフィールが必需品や。勇一郎、おまえ、両親おるんか？」

「まあ一応」

「殺せ」

「は？」

「天涯孤独《てんがいこどく》のＹＯＵイチロー、それがええ」

「そう言われても」

「だれも調べへんて。調べられても、とぼけ倒したらええんやて。いつやったか、年齢も学歴も経歴もそっくり嘘ついて選挙に立候補した有名人のおばはんかて、何の罪にも問われへんかったやろが」

「そう言われても」

「ついでに姉貴は売春婦や。二番目の姉貴は外国人にさらわれて行方不明。弟は歌舞伎《かぶき》町《ちょう》でやくざに殴り殺された。そして最後にひとり残った幼い妹を育てるために、ＹＯＵイチローは厳寒の滝に打たれながら決意した。にいちゃんは究極の資格ファイトにチャレンジするで！　泣かせる話やないけ」

「けどそれやと天涯孤独ちゃうで」

マサエが突っ込みを入れる。

「細かいことはええんや、おまえは黙っとれ！」

「はいはい」

マサエが立ち上がった。いつのまにか化粧を終えて、パジャマから豹柄《ひょうがら》のドレスに着替えている。

とたんにヤマカンが猫なで声になった。

「今夜は帰れるんか？」

「うまくお客が帰ってくれたら二時」

「気いつけるんやで、温泉卵入れたラーメンつくって待っとるさかい」

マサエは何も答えずにハイヒールを履《は》いて、さっさと出勤していった。

「まあ、そんなこんなで」

ヤマカンは何事もなかったように腕を組み、しばらく天を仰《あお》いでいたかと思うと、

「よし、決めた」

ふいに膝を叩いた。

「YOUイチローのデビューイベントは十日後や！」

「そんな急なんですか？」

いくらなんでも早すぎる。デビューイベントともなれば、それなりの準備も必要だろう。

ところがヤマカンは、

「あほんだら！」

と声を荒らげた。勇一郎はびくっと縮こまった。

「善は急げ！　据《す》え膳《ぜん》は食え！　むかしから言われとることやないけ！」


指定されたイベント会場はスーパーの店頭だった。

スーパーといっても大きなビルに大きな駐車場がついた大手チェーンではない。軽量鉄骨で組んだ平屋建て。入口にダンボール入りのジャガイモや洗剤パックといった目玉商品が山と積まれた、庶民的を絵に描いた街角スーパー。その入口の脇に設けられた二十台ほどしか停まれない駐車場が、今日のイベント会場だった。

勇一郎は時間通りに会場入りした。だが、その会場のしつらえを見たとたん逃げ帰りたくなった。

スーパーの壁には手書きの横断幕が張られていた。

天涯孤独の受験の神さま本日参上！

資格ファイター『YOUイチロー』ショー

その周囲には勇一郎が取得した資格名を羅列《られつ》したのぼり旗がはためき、さらには勇一郎が提供した合格証書がべたべた貼りつけてある。

煽《あお》り文句を殴り書きしたベニヤ板も立てられていた。

三百勝達成まであと五勝！

劇的瞬間に立ち会うのはあなただ！

ファンクラブ会員大募集！

いまなら卵ワンパック進呈《しんてい》中！

ほかにはビールのプラケースを並べた舞台の上に、古びたカラオケセットとマイクが一本セットされているだけだ。

「ここで何をやればいいんですか」

勇一郎は恐る恐る尋ねた。イベントの内容は何もきかされていない。

「まずはトークタイムや。天涯孤独の身でありながら、艱難辛苦《かんなんしんく》を乗り越えて、いかにして二百九十五個もの資格を取得してきたか。笑いと涙と感動のマル秘《ひ》物語をしゃべり倒すわけや」

「無理ですよ。ぼくは天涯孤独でもないし」

「アドリブや、アドリブ。営業現場でどんだけ当意即妙《とういそくみよう》のアドリブを繰りだせるか、それもタレントの芸のうちや」

「それに、まだ二百九十五個も資格とっていません。二百八十一個です」

「細かいことは、ええんやて。いちいち調べるやつおらへんて。あと十九勝いうんと、あと五勝いうんと、どっちが盛り上がる思てんねん」

「けど、あと五勝ぐらいすぐ達成しちゃいますよ」

「あほやなあ、いくつ合格しよっても当分はあと五勝あと五勝いうて営業して歩くにきまっとるがな。人気が上がってきたら、あと四勝あと三勝いうて煽ってく。ストリップとおんなしや。お宝チラチラさせて興奮させてくわけや。それよか、大丈夫やろな、ファ、ファイナンシャル・プランナー試験」

「ファイナンシャル・プランナー試験」

「それやそれ、ちゃんと勉強しとんのやろな。トークショーのあとは『百問即答S－1バトル』や。奥さんが勝ったら皿洗いにうかがいます！　ちゅうやつや」

「何ですかそれは」

「問題集から奥さんたちに一問ずつ問題だしてもろて、勇一郎が答えられへんかったら奥さんの勝ち。罰ゲームで、ほんまに皿洗いに行くわけや。こら盛り上がるでえ。本日のメインイベントや。ただし、ええか、ボスママが相手んときだけは、わざと負けとき」

「ボスママ?」

「近所の奥さん束《たば》ねとる押しの強い奥さんや。皿洗いでボスママに気に入られたら、近所の奥さんもそっくりファンクラブ会員に取り込めるちゅう寸法や」

「でもファンクラブは、おばさんじゃなくて、おねえちゃんがキャーキャー叫ぶはずだったんじゃ?」

「だあほ! おばさんやない、お嬢さまやろ。みのもんたの足の爪の垢でも煎《せん》じて飲んどけ。声変わりして体のデッサンも狂ってきとるけど、女は女や。それに、あ、これはこれは、このたびはお世話になりまして」

ヤマカンが急に通りかかった中年男にぺこぺこしはじめた。白衣にネクタイを締《し》め、お客さま親切係・店長、と書かれたワッペンを胸につけている。

「集客、当てにしてるからな」

店長は鷹揚《おうよう》に告げると、ポケットから煙草《たばこ》をとりだした。すかさずヤマカンが百円ライターを差しだして火をつける。

「それと、途中でタイムサービスの告知もやってくれるかな」

「おまかせくださいて。何ならトークの合間、三分ごとにタイムサービスの告知を差し挟《はさ》む、なんてのはどないでしょう」

「それはやりすぎだろう」

店長が失笑《しっしょう》をもらすと、ヤマカンは照れ笑いしてみせてから、ぽんと手を打った。

「そういえばテレビもくる言うてました」

「ほう」

「いい宣伝になる思て声かけましてね。テレビも注目してまっさかい、今後、ＹＯＵイチローの人気は急上昇ですわ。そしたらまた呼んでいただけたら幸い思てます」

ヤマカンが深々と頭を下げると、店長は半分も吸っていない煙草を足元に投げ捨てて踏みつけた。ヤマカンが腰を屈《かが》めて吸殻《すいがら》を拾い上げ、これ見よがしに自分のポケットに入れる。

「ま、よろしく頼むよ」

店長はそう言い残すと店に入っていった。

たいしたパフォーマンスだった。芸能マネージャーというのは、ここまでやるものなのか。しかもスポンサーが姿を消すなり、またヤマカンの態度が一変した。

「あないなボケ店長やけど、せいぜい気合い入れて頼むわ。ほれ、そろそろサクラのファンクラブも集まってきたで。早いとこ衣装に着替えてきてくれるか」

紙袋を差しだされた。海水パンツとマント、そしてダンボールに金色の紙を張った手作りの王冠が入っていた。

「これが衣装ですか」

「資格ファイターには、格闘家の格好をしてもらわんとな」

拒否するまもなく無理やり着替えさせられた。ふと顔を上げて見ると、スーパーのガラスに肋骨《ろっこつ》が浮いた半裸をさらして紙の王冠を被《かぶ》った男が映《うつ》っていた。

こんな格好で公衆の面前に立たなければならないのか。さすがに呆然《ぼうぜん》としていると、テレビカメラを担いだ男たちがやってきた。地元のケーブルテレビ局の腕章《わんしょう》をつけている。どこでどう交渉したのか、ヤマカンの手配だった。こんな姿が地元のテレビに流されてしまうのか。

しかし、ヤマカンは満足そうだった。なかなか似おうとるやないけ、と勇一郎の裸の背中をぴしゃりと叩くと、

「どれ、応援コールの練習、はじめてもらおか」

サクラのファンクラブ会員に声をかけた。

ファンクラブ会員はおばさん、じゃなくて小じわの多いお嬢さまたち五人だった。けさがた、てんぷら油を一缶プレゼントする、と近所の団地で呼びかけたらこれだけ集まった

という。

ヤマカンが考えた応援コールは、勇一郎とファンクラブのお嬢さまたちが掛け合いで叫ぶものだった。

「しかく！」

「ファイター！」

「しかく！」

「ファイター！」

「ゆー・ゆー・ゆー・ゆー！」

「YOU・イチ・ロー！」

最後のYOU・イチ・ローのローで、勇一郎もお嬢さまたちも、いっせいに拳《こぶし》を突き上げてジャンプする。

これを何度となく練習させられた。声が小さい。ジャンプが低い。いちいちダメだしされては、全員がきっちり揃《そろ》うまで繰り返しやらされた。

ぼくはいったい何をやっているんだろう。勇一郎はうなだれた。こんな馬鹿なことをやって、だれが喜んでくれるというのだろう。

ところが、喜ばれた。勇一郎の思いに反して、こんな馬鹿なことを諸手《もろて》を挙《あ》げて大喜びしてくれる人たちがいた。

子どもたちだ。

午後のショッピングタイムのピークを見計らって、いよいよYOUイチロー・ショーの本番がスタート。まずは景気づけにと応援コールを唱和しはじめたとたん、母親の買い物に連れてこられた幼い子どもたちが目を輝かせて駆け寄ってきた。

へんてこなもの、奇妙なもの、不気味《ぶきみ》なものには、ことのほか興味を示すのが子どもの特性だ。王冠を被った半裸のマント男と、一緒になって拳を突き上げるおばさんたち。子どもたちの目には、これほどへんてこで奇妙で不気味なものはなかったのだろう。

たちまちのうちに子どもたちも拳を突き上げてジャンプしはじめた。スーパーの駐車場は保育園の広場と化した。子どもが集まれば、その母親もやってくる。つられて通りかかった人たちまで何事かと見物にやってくるものだから、イベント会場はまたたくまに人波であふれ返り、応援コールとジャンプの大競演。ケーブルテレビのカメラマンも、ここぞとばかりにカメラを回している。

「やめたらあかん！　やめたらあかんで！」

ヤマカンが叫んでいる。もっともっとテンションを上げて、どんどんお客を呼び込めと言っている。

だが、疲れ知らずの子どもたちはいいが、声を張り上げてジャンプし続けている勇一郎たちはたまらない。二十代の勇一郎ですら息があがってきているのだから、ファンクラブのおばさんたちは、もうへとへと。しだいに足も手も挙がらなくなり、応援コールの声も途切れ途切れになってくる。

それを見たヤマカンが、突如、カラオケセットのマイクをつかむとビールケースの舞台に飛び乗った。

「はいはいはい、お嬢ちゃんにお坊ちゃん、きれいなママさんに年季の入ったお嬢さま、お待たせいたしました！　ここからが本日のメインイベント、『百問即答S－1バトル』のはじまりでっせえ！　天才資格ファイターに勝ったら、無料で皿洗い！　副賞にぺろぺろキャンデーまでもらえまっせえ！」

トークタイムよりも勝敗がはっきりわかるバトルゲームのほうが子どもが飽きない。そう判断して急遽《きゅうきょ》、予定変更、副賞にキャンディーをつけて母子とも惹《ひ》きつける作戦にでたらしい。

このヤマカンの機転でテンションが維持された。さっそくはじまったバトルゲームでも、ヤマカンがみのもんたになって、ファイナル・アンサー？　と盛り上げる。ボスママらしき母親相手のときは、勇一郎が迷いに迷ってみせてから、わざと間違えてみせる。これには勝ち負けにこだわるボスママが勝った勝ったと大はしゃぎ。

バトルの合間には勇一郎が家計のやりくり秘術を披露《ひろう》した。ファイナンシャル・プランナー試験は税金対策や保険対策にまつわる問題も多いことから、それをネタに卑近《ひきん》な例を引いて家計にアドバイス。さらには、ヤマカン考案の勇一郎のキャッチフレーズ『天涯孤独の受験の神さま』にあやかって、子どもが受験に強くなる極意も伝授したものだから奥さんたちが大喜び。気がつくと予定時間を大幅にオーバーするほど大盛況のデビューイベントになってしまった。

「いやあ、素晴らしかった」

後片づけをしていると店長が飛んできた。抜群の集客力だったから、つぎの大売りだしのときもぜひよろしく、とヤマカンにオファーを出している。

勇一郎も満足していた。最初の自己嫌悪などどこへやら、終わってみれば自分でも意外なほど楽しかった。

自分がやったことで多くの人たちが喜んでくれた。そのことがうれしかった。ぼくにもこれだけの人を喜ばせることができるんだ。そんな充実感が勇一郎を満たしていた。

あれよあれよとスケジュール表が埋まっていった。

初イベントの評判が口コミで広まったうえ、当日の模様がケーブルテレビで放映されたことから、このチャンスを逃してなるかとヤマカンが営業に飛び回ったおかげで、近隣のスーパーからつぎつぎに声がかかりはじめた。

翌週からは三日に一度はスーパーの店頭イベント。土日祝日にはスーパーとショッピングセンターと駅前商店街を掛け持ちして歩くこともめずらしくなくなった。

イベントの演目は初イベントとまったく同じだ。応援コールとジャンプでテンションを上げて、バトルゲームから受験の極意コーナーへ。毎度毎度このパターンの繰り返しだったが、場数を踏むほどに勇一郎もステージ慣れしてきて、会場の空気を読んで客をコントロールすることもできるようになってきた。応援コールとジャンプで頑張らなくても、バトルゲームに絡《から》めて家計のやりくり秘術と受験の極意を語るだけでも十分に場を盛り上げられるようになってきたのだ。

「いや絶好調やないけ」

ヤマカンもほくほく顔だった。いける企画や、と自信満々でいたものの、ここまでいけるとは本人も思っていなかったらしい。

マサエの態度も豹変《ひょうへん》した。あんたならやってくれる思てたんや、と調子のいいことを言ってしなだれかかってくる。

しかしヤマカンはさらに貪欲《どんよく》だった。

「こんなもんで満足しとったら天下はとれへんで。つぎは、メジャーのテレビや。全国ネットを制覇《せいは》するで！」

ケーブルテレビの番組ビデオを手に、ネット局への売り込みも開始した。それに加えて新規マーケットとして、おやじ層の開拓も視野に入れていくという。このご時世、おやじたちはリストラに怯《おび》えている。潰しがきく資格取得の秘術を伝授しまっせ、と迫ればイチコロやで、とヤマカンは意気込んでいる。

勇一郎も、もっと頑張ってみようという気になっていた。

このところは忙しくて企画計画室への出勤もままならないが、どうせ出勤したところで仕事はないのだ。もし会社側がしがらみを吹っ切って首を宣告してきたとしても、そのときはそのときだ。紙の王冠に海水パンツ姿には、まだまだ抵抗感がないではないが、それでも、自分の力が評価されていることがうれしかった。

三か月と経《た》たないうちに、ヤマカン興行プロは新しい事務所に移転した。

スーパー店頭のイベントも数をこなせばそれなりの実入りになる。人気上昇につれてギャラ交渉も優位に立てるようになってきたことから事務所の収入が急激にアップ。

また、ファンクラブも最初は卵ワンパックに釣られた奥さんばかりだったが、ヤマカンが「ファンクラブに入ると子どもの入試が有利になる」という噂《うわさ》を流してみたところ、卵なしの入会希望者が急増。ぼちぼちと年会費も振り込まれはじめたことから、木造アパートではメジャーになめられる、とヤマカンが強気の引っ越しを敢行したのだった。

新事務所は見栄《みば》えのする都心のマンションにした。インターネットでファンクラブを運営管理するために事業用のパソコンも導入した。

この思いきりが功を奏《そう》した。ほどなくして念願の全国ネット局から引き合いがあった。

「朝の情報番組や。いよいよメジャー進出やで」

『ズーム・モーニング』という番組の街角情報コーナーで、YOUイチローが出演するイベントを三分ほど紹介してくれるという。だが、その話をきいた勇一郎は急に腰が引けた。

「全国ネットであの格好は勘弁してください」

紙の王冠に海水パンツ姿のことだ。

「何言うとんのや。あの格好やったからこそスーパーの奥さんもメジャーのテレビも注目してくれたんやないか。いまどき、ようけ資格とったいうぐらいでテレビは出られへんねやで。ええかげんプロ意識ちゅうもんをもってもらわんと」

そうかもしれない。そうかもしれないが、やはり全国ネットで流れるとなれば話は違う。スーパーの店頭ならと妥協してやってきたが、せっかくのメジャー進出なのだから、もっと知的で洗練されたキャラクターとして世に出たいではないか。

ヤマカンが舌打ちした。

「ああそうかいな。あのキャラはもうできん言うわけや。ほなら言うけど、そろそろヒールが必要な時期やろ思てヒール候補を見つけたところなんやけど、おまえができん言うなら、ヒール候補にYOUイチローをやってもらうまでや」

ヒールとは悪役だ。どの世界でも悪役がいるからこそ主役が引き立つ。その伝に倣《なら》ってYOUイチローにも悪役資格ファイターをぶつけて、三百勝達成に向けた資格取得レースをヒートアップさせようとヤマカンは目論《もくろ》んでいた。

その悪役候補の男も百ほど資格を取得しているから、勇一郎が四の五の言うなら主役交代も辞さないというのだった。

「それはないでしょう。YOUイチローはぼくなんだから、代役なんてだれにもできない」

「あほか。おまえは、わしのとこ辞めたとたん、YOUイチローやなくなるんやで。YOUイチローいう芸名はわしが考えたもんやし、著作権はわしにあるんやから、わしの許可なしに芸名使用したら訴えたるで」

勇一郎は驚いた。勇一郎とYOUイチローはイコールではない。自分がまさかそんな立場に置かれているとは思ってもみなかった。

困惑して押し黙っていると、ヤマカンが急にやさしい声をだした。

「せやから言うとるやないか。悪いようにはせえへんから、わしの言うとおりにしとけやと。わしかて、できることならおまえでいきたいんや。メジャー進出と同時にヒール役もデビューさせる。ほんでふたりのバトルを煽って三百勝達成レースを盛り上げたいのや」

結局、勇一郎は折れた。折れざるをえなかった。せっかくここまで頑張ってきたのだし、いまさら欠勤続きの企画計画室に戻るわけにもいかない。会社側としても、そろそろ首を切る算段をしているだろうし、いまの勇一郎にはこの道以外に選択肢はなかった。

一週間後、勇一郎は紙の王冠に半裸マントのYOUイチローとして日本全国の朝の茶の間に初登場した。

それからのめまぐるしさといったらなかった。

全国ネットの威力《いりょく》は思いのほかすごく、わずか三分ほどの紹介だったにもかかわらず、オンエアの当日、ヤマカン興行プロの電話は鳴りっぱなしになった。

十日もしないうちに、YOUイチローはお昼の公開生放送のバラエティ番組に出演することになった。そしてその番組が、ヒール役として新たに雇われたデビルライセンサー義弘《よしひろ》とYOUイチローの初共演番組となった。

デビルライセンサー義弘という芸名も、言うまでもなくヤマカンがつけた。資格取得数が実際には百ほどだというのに、YOUイチローの取得数に一つだけ足りないという設定になっている。

ビジュアル面でもヤマカンならではの独創性が発揮された。デビルライセンサー義弘は覆面《ふくめん》ファイターとして猫顔の覆面に「資格の刺客《しかく》見参！」と刺繡《ししゅう》した鉢巻を巻かせられ、さらに女性用の金ぴかビキニをつけさせられていた。

このえぐい格好で、王冠半裸のYOUイチローとともにお昼の生番組に登場したのだから観客も視聴者ものけぞった。

番組ではデビルライセンサー義弘がYOUイチローに悪態をつくマイクパフォーマンスが繰り広げられた。資格取得バトルに向けての前哨《ぜんしょう》戦という設定だ。

「豆腐頭のYOUイチロー！　きさまの鉛筆をへし折って不合格地獄に突き落とすために殴り込みにきたぜ。このおれさまが一気に二個の資格に合格して二百九十六勝目を先取してやる！　合格発表掲示板の前で吠《ほ》え面《づら》かくがいい！　うわは、うわはは、うわはははははっ!」

　これには番組レギュラーのお笑いタレントも大喜びだった。おかげでここぞとばかりに突っ込みを入れてもらえて、奇怪な二人の存在感がさらに際立つ幸運な展開となった。

　二か月後には早くも特番が組まれた。番組の性格的には、レギュラー番組化に耐えうるかを探る深夜特番だったが、ここでもデビルライセンサー義弘のパフォーマンスが炸裂《さくれつ》。もともとは売れない役者だった彼の活躍で、深夜枠にしては異例の高視聴率を叩きだした。

　話題が高まるにつれてファンクラブの会員も激増した。当初は子どもの受験に有利という噂に乗せられた主婦が中心だったものが、受験期の若者やお笑いファンにも飛び火して、インターネットを通じて入会した会員数は早くも十万人を突破したらしい。

　もっともこれはヤマカンが口にした数だから、話半分と考えたほうがいいかもしれない。だが話半分としても五万人だ。これがテレビの威力というものかと、勇一郎としてはあらためて驚くほかなかった。

　この絶好機を逃すことなく、ヤマカンは新たな仕掛けも繰りだした。番組の中でYOUイチローに「二百九十六個目のチャレンジ資格は土地家屋《かおく》調査士だ!」と発表させたのだ。そして、これにデビルライセンサー義弘が噛《か》みついた。

「土地家屋調査士だと？　この期《ご》に及《およ》んで、愚《おろ》かにもおまえが苦手な不動産分野を選んだのか」

「あえて苦難の道を選ぶ。それも受験成功の極意だ」

「何が極意だ。土地家屋調査士は平均合格率が五パーセントの難関だ。受験は得意分野からやるのが鉄則だろうが」

「安直《あんちょく》な資格ばかり何百個とろうが、そんなものは数合わせのためのチャレンジにすぎない」

「きさま、おれさまの資格歴にケチをつける気か！」

「ケチはつけていない。クォリティが違うといっているだけだ」

「クォリティが違うだと、なめられたもんだな。きさまがその気なら、どっちのクォリティが高いか本試験直前に『土地家屋調査士　百問即答S－1バトル』だ！」

「望むところだ！」

「ただし油断するなよ。うかつに街で出くわした日には、その場で出題して場外乱闘も辞さねえぞ！　わかったかっ！」

このやりとりが大反響を呼んだ。おもしろがった視聴者からS－1バトル観覧希望が殺到したものだから、テレビ局も急遽《きゅうきょ》、スタジオではなくもっと大きな会場で開催したいと打診してきた。

むろんヤマカンに異存があろうはずがない。

「よっしゃ、こうなったら東京ドーム押さえたろやないけ」

ヤマカンは一大イベント実現に向けて動きだした。

勇一郎が会社を辞めたのは、このころだった。いや正確には、ついに会社を辞めさせられたというべきか。

会社側としても、長期欠勤に加えてテレビでここまでおちゃらけたことをやっているのだから勇一郎の父親にも申し訳が立つ、と考えたのだろう。ある日、職場放棄を理由に解《かい》雇《こ》通知が届いて、それを勇一郎もあっさり了承した。

父親は何も言ってこなかった。父親の耳にもこの騒ぎは伝わっているはずだと思うのだが、プライドの高い父親だけに、そんな息子に関わることすら嫌だったのかもしれない。

「馬鹿やって売れたところで、長くはもたねえぜ」

そう言って心配してくれる友だちもいないではなかった。しかし、すでに勇一郎は割り切っていた。自分の意志と行動でここまできたのだ。いまさら、だれに恥じることもない。

ヤマカンも言っていた。

「売れ方に貴賤《きせん》はないで。知性で売れようが、裸で売れようが、あほで売れようが、スキャンダルで売れようが、売れたいう事実は等価なんや」

そのとおりだと思った。この世界、売れたが勝ちなのだ。二年の約束ではじめたことだが、とにかくいまは後先考えずにどこまでも突っ走ろうと勇一郎は思っていた。

「それでええんや。先のことは先のことで、わしはちゃんと引退興行のことまで考えとるんやさかい、おまえは安心して突っ走っとればええ」

「引退興行？」

「そないに驚くことないやろ。一世を風靡《ふうび》したもんには、いつか、かならず衰退のときがくる。それを見越して引き際《ぎわ》の計画も立てておく。それがプロちゅうもんやろ」

「どうやって引くつもりです？」

「日本一むずかしい試験に挑戦するんや」

「司法試験ですか？」

「そうや。日本一高いハードルこそ、引退興行にふさわしい大舞台いうわけや」

それまでは、二百九十九勝に向けて勝ち上っていく話題で引っ張って引っ張って引っ張り続ける。そして一年後、三百勝記念の特別受験種目として司法試験へのチャレンジを記者発表。それからまた半年間、再び盛り上げて盛り上げて盛り上げきったところで司法試験を受験して、合格して、合格祝賀イベントで引退告白する。

「あとは一年かけて日本全国を引退記念興行でドサ回りして最後の荒稼ぎをしたら、ほんまに引退する」

「ちょ、ちょっと待ってください。いまから一年半で司法試験合格なんて無理ですよ。テレビの仕事やイベントだってあるわけだし」

とたんに怒鳴《どな》りつけられた。

「だあほ！　いまから弱気になってどないするんや！　無理を可能にするのがプロの資格ファイターやないけ。引退興行ほど儲《もう》かるもんはないんやで。最後にどかーんと稼いだら、あとは一生、左団扇《ひだりうちわ》の優雅な毎日や。その日のためにも、まずは東京ドームをどーんと成功させせようやないけ。そいで土地家屋調査士で二百九十六勝を達成したら、あとは引退興行に向けて一直線や！」

土地家屋調査士の受験前夜、勇一郎はねじり鉢巻で不動産の表示登記に関する条文の最終チェックに励《はげ》んでいた。

東京ドームの一大イベントも大盛況のうちに終わり、テレビ中継も高視聴率を叩きだした。あとは土地家屋調査士に合格するのみ。万が一にもしくじるわけにはいかないから、最後の追い込みにも気合いが入っていた。

なにしろイベント終了後もファンの期待は高まる一方なのだ。不得意分野への挑戦にもかかわらず、『百問即答S－1バトル』がYOUイチローの圧倒的な勝利だったことから、合格率五パーセント何するものぞと下馬評《げばひょう》も上々。これで合格すれば、合格祝勝イベントの成功もまず間違いない。

実際、イベント後のアンケートでも、YOUイチローの合格を確信している人も合格祝勝会に参加したい人も九割を超えていた。ヒール役のデビルライセンサー義弘をぶつけた効果も相まって、すべてが思惑《おもわく》どおり動いている。

その意味からも合格は絶対に逃すわけにはいかない。勇一郎はあらためて自分に言いきかせた。

そのとき、電話が鳴った。こんな夜更《よふ》けにかけてくるのはヤマカンぐらいしかいない。最後の気合いを入れようと電話してきたに違いない。ペンを置いて受話器をとると、

「わしや」

思ったとおりだった。

ところが、続いてヤマカンが放った一言に耳を疑った。

「落ちてくれへんか」

「は？」

「明日の試験、落ちてくれ」

「何言ってんですか、馬鹿言わないでくださいよ」

「馬鹿は言うてへん、おまえは黙って言うこときいとけばええんや」

「冗談じゃないですよ、これで落ちたらファンに怒られるし、今後の展開にも差し支《つか》えます」

するとヤマカンが苛ついた声をだした。

「わからんやっちゃなあ、ええか、これは焦《じ》らし作戦や」

「焦らし？」

「こういうときは焦らさなあかんのや。ヒーロー物語には辛《つら》い試練が欠かせんやろが。野球のイチローも松井《まつい》も、新記録まであと何本いうとき、打つペースが落ちたやろ？」

「それとこれとは違うでしょう、東京ドームにきたファンの九割がぼくの合格を応援してくれてるんですから」

「東京ドームどころやないで、おまえのファンクラブはいまや二十万人や」

「そんなに増えたんですか！」

話半分としても十万人だ。いったいどうしたらそんなに集まるのか。もはや勇一郎には想像もつかないが、だったらなおさらその期待を裏切るわけにはいかない。

「せやからそれが間違うとる言うてるんや。そんだけ期待されてるからこそ、ここで落ちたらインパクトが強なるんや。天才バッターのイチローかて絶好球を空振りしたように、天才資格ファイターのYOUイチローも記録達成直前で不合格の試練に見舞われる。そないなことになったら、そらファンのテンション上がるで。そないに過酷な試験なんやなと思い知らされて、つぎに合格したらそら狂喜乱舞《きょうきらんぶ》や。大衆には焦らしや。焦らせば焦らすほど熱くなるものなんや」

「でも」

「つぎの土地家屋調査士の試験は一年後や。それまでに、また何回かイベントやって沸かしといて、やっと合格して涙のリベンジ達成記者会見を開いてみい。えらい騒ぎになりよるで」

ヤマカンの言うこともわからないではない。たしかに苦労して勝ちとった栄冠のほうが大衆うけはいいかもしれない。しかし、ここまで負けなしで合格し続けてきた勇一郎にはプライドがある。

「まだわからへんのか、おまえは落ちなあかんと事務所の社長が命令しとんのや。もし落ちへんかったら業務命令違反で義弘にバトンタッチしてもらうで。それでもええんか？」

いつかと同じ恫喝《どうかつ》を吐き捨てると、ヤマカンは電話を切った。

勇一郎は頭を抱《かか》えた。いくら事務所の社長とはいえ、この期に及んでわざと落ちろはないだろう。

思いあまってデビルライセンサー義弘に電話した。

キャラクター上は天敵になっている義弘だが、イベントの打ち上げなどで呑んだりしているうちに自然と気心の知れた仲になった。

深夜の電話にもかかわらず、義弘は迷惑がることなく話をきいてくれた。そして事情を把握《はあく》すると、

「さすがヤマカン、興行師だよなあ」

明るく笑った。デビルライセンサーを演じているときとは違い、素顔の義弘は人当たりのいい青年だ。

「まあ勇一郎の気持ちもわからないじゃないけど、おれの役者魂からすると、やっぱヤマカンの考えを支持するな」

「だけど、はっきり言ってやらせだろう」

「そこが微妙なところでさ。たとえばニュース報道だって、政治家の汚職ネタをスクープしても、世の中に知らせるタイミングを計ったりするだろ。いつ報道したら効果的に伝わ

るか計算するわけで、それをやらせと考えるか演出と考えるかは紙一重なわけで」

「それとわざと不合格になる話じゃ次元が違う」

「同じだよ。無作為の作為も、わざとやったことに変わりはない」

「だけど」

「勇一郎のプライドもわからないじゃない。おれとは違って、ほんとに資格試験をクリアし続けてきたわけだしな。けど、ここはもっと先を読んだほうがいいんじゃないか？　どっちにしても勇一郎が合格できることは間違いないわけだし、大衆を喜ばせることだって、おれたちの大切な仕事だと思うんだ」


第一次筆記試験の合格発表の朝。合格発表掲示板の前には数多くの報道陣が待ちかまえていた。

筆記試験の合格者には通知書も郵送されるのだが、マスコミ向けの演出としてわざわざ掲示板を見にいくことにした。試験の主催者側としても、世間の話題になれば今後の受験者数が増えることもあって、広報活動の一環として取材には協力的なのだ。

ちなみに土地家屋調査士ほどの人気国家資格でもこれだから、マイナーな資格ともなれば広報活動にはさらに熱が入る。優秀な人には報酬を払ってでも受験してほしい、と本音を漏らす資格主催者もいるほどだから、もしYOUイチローが受験するともなれば、かなりのギャラがとれるかもしれない。

掲示板と対面するときがきた。勇一郎はすっかり板についたYOUイチローの衣装姿で受験票をとりだした。ヤマカンは用事があってこられなかったが、なるべくもったいをつけてから掲示板を見るように言い渡されている。

受験票を確認する勇一郎に報道陣のカメラがいっせいに向けられた。それを意識しつつ受験番号を確認して、期待と不安が交錯《こうさく》した表情をつくりながらゆっくりと掲示板を見やった。

報道陣がシャッターを切りはじめた。その瞬間、勇一郎は眉間にしわを寄せて掲示板を二度見した。ふう、と長い息を吐いてから、

「ありません」

勇一郎がつぶやくと、メモ帳片手の記者たちが一瞬、静まり返った。が、すぐに堰《せき》を切ったように、いまのお気持ちは？　番狂わせの原因は？　と質問を浴びせはじめた。勇一郎は、しばらく間を置いてから言った。

「資格試験は魔物です」

視線を宙に泳がせながら続ける。

「でも、YOUイチローは諦《あきら》めません。次回はかならずやリベンジを果たして、この掲示板の前で笑顔をお見せします！」

昨日から考えていたコメントだった。よけいなことは言わずに次回への前向きな意欲を表明したほうがいいと思った。

ほどなくして報道陣は引き上げていった。もっといろいろ追及されると思っていたのに、意外にもあっさりしたものだった。どことなく白けた空気が漂《ただよ》っていたのも気になった。

これでよかったのだろうか。かすかな不安を抱きながら自宅に戻って、事務所に電話を入れた。

通じなかった。

どうしたんだろう。何度かコールしたが、やはり通じない。ヤマカンの携帯にも電話してみたが、こっちもつながらない。

仕方なく義弘の携帯に電話した。

「おれも電話が通じないんで、いまヤマカン興行プロのホームページをチェックしてみたんだ。そしたら掲示板に抗議が殺到してててさ。あんなに期待してたのにって、みんな怒り狂ってるんだよ。ひょっとしたら事務所にも抗議電話が殺到してて、それで通じないのかも」

「そんなに怒ってるのか」

慰《なぐさ》めとか励ましとか、そうしたあたたかい声がもっと多いかと思っていたのに、ちょっと驚いた。それは義弘も同様だったらしく、すまん、おれの考えが甘かったかもしれない、と謝られた。

「義弘のせいじゃないよ」

最終的に不合格を決意して実行したのは勇一郎自身だ。おまえは気にすることない、と重ねて言い置いて電話を切った。

さてどうしたものか。勇一郎は考えた。何はともあれ、まずは今後の対応策を講ずるしかないだろう。うまくフォローできれば災《わざわ》い転じられるかもしれないし。

再度、事務所に電話した。やはり通じなかった。私服に着替えて事務所へタクシーを飛ばした。おそらくは居留守を使っているはずのヤマカンと打ち合わせて、釈明記者会見を開こうと思った。

事務所のマンションに到着した。エレベーターを待つのももどかしくて三階まで駆け上がった。

事務所の鍵は閉まっていた。だれかいるときは、いつも鍵は開けてあるのに、と思いつつ合鍵でドアを開けた。

勇一郎は立ちすくんだ。事務所は、もぬけのカラだった。

その後、わかったことを思い出すたびに、勇一郎は脱力感に襲われる。あれだけの事件に巻き込まれたのだから、大変なことだったといえば大変なことだった。だが、不思議なことに勇一郎としては、不快感とか嫌悪感、憎悪とか遺恨《いこん》といったものは覚えなかった。ただただ脱力感、それにつきた。

順を追って説明しよう。

ヤマカンとマサエが姿を消したその日、ヤマカン興行プロのお金が全額、消えていた。金庫に納めてあった現金から銀行口座の預金まで、その総額はおよそ八億円。

この金額には勇一郎も仰天《ぎょうてん》したものだが、しかし考えてみれば、その時点でファンクラブ会員は二十万人いた。年会費三千円×二十万人。テレビやイベントのギャラも合わせれば、勇一郎にサラリーマン時代の十倍の給料を支払ったぶんを差し引いても、それぐらいあってもおかしくはない。

ただ金額には納得できても、ファンクラブの会員二十万人という人数はどうだろう。以前、ヤマカンからきかされたときも不思議に思ったものだが、いくらYOUイチローが人気者でも、短期間のうちに県庁所在地の人口なみの会員が集まるものだろうか。

ところが、その背後には勇一郎には知らされていなかった会員獲得の手口が隠されていた。

じつはテレビの全国ネット番組に出演が決まったとき、ヤマカンはファンクラブの入会方法を大幅に変更していた。それまでは年会費三千円を納めれば会員になれる単純なシステムだったものを、年会費三千円プラス千円の援助会費、合計四千円を支払う新システムに変えていた。

ただし、この新システムで入会した会員が、さらに新規会員を入会させた場合、新規会員が支払った援助会費は入会させた会員のものになる。つまり、新規会員を四人集めれば、四人分の援助会費四千円が自分の懐《ふところ》に入るわけだから、差し引き最初に支払った四千円はチャラになる。

早い話がヤマカンは、ねずみ講の仕組みを利用してファンクラブの会員を飛躍的に増やしていったのだ。友人知人を四人入会させれば、ただで会員になれる。四人以上入会させれば利益もでる。それなら入会してみようか、となる効果を狙ったわけだ。

だが、たとえ会費が無料になるにしても、たかだか四千円のために、四人もの友人知人を入会させる努力をするものだろうか。

そこでもうひとつ仕掛けが仕込まれていた。入会した会員が支払った年会費三千円は自動的に「受験債」と称する債券となり、YOUイチローが資格に合格するたびに、合格日までの運用実績に応じた配当金が支払われることになっていた。

資金を運用するのは資産設計のプロ、ファイナンシャル・プランナーの資格もその後取得したYOUイチロー。予想配当率は四十パーセントという高率。むろん、こんな高配当はありえるわけがなく大嘘なのだが、もしこれが真実で最大の配当が発生したとしても、配当金はひとり頭千二百円ほどにすぎない。

それならばと、配当の楽しみをさらに高める工夫がなされた。合否投票制だ。

ファンクラブ会員は、YOUイチローが受験するたびにインターネットで合否の予想投票ができる。そして、予想が当たった会員には予想を外した会員の配当金も上乗せして支払われる。投票の際は最高五万円まで追加受験債の購入もできることから、これなら、すくなくとも数万円の配当金も望める。

とまあ、いずれにしても小遣い程度の金額ではあるものの、四人集めれば無料でファンクラブに入れたうえに、YOUイチローが合格するたびに、ささやかな小遣い稼ぎの楽しみもある。これだけ特典がつくのであれば、少なくともファンクラブの入会動機にはなる。

「うまいこと考えたもんだ」

初めてこのカラクリを知ったときには感心したものだった。すると義弘に笑われた。

「おまえが感心してどうする。いまごろどこかでヤマカンが高笑いしてるぜ」

「だけど義弘だって騙《だま》されてたわけだろ？」

「おれはおまえと違って役者として雇われてたようなもんだから、たいした痛手はないよ。今回の舞台は興行主の都合で打ち切りになったから、また違う舞台を見つけて演じる。それだけの話だ」

「えらく割り切ってるじゃないか」

「おまえに言われたくないって。海パン姿で扇動《せんどう》してたのはどこのどいつだ」

勇一郎が苦笑いすると義弘は続けた。

「けどまあヤマカンは見事だったと思うよ。だって会員たちも騙されはしたけどファンクラブの一員として楽しんだわけだし、損害額といっても千円から四千円。多少、欲をだした連中だって五万円。いまどき悪徳商法で何千万もやられてる事件と比べたら笑ってすませられる金額だろ」

「何千万に比べればな」

「配当金の約束にしたって、おまえを不合格にさせて、事件に発展させることもなく決着をつけた。ネットで怒られる程度で終わらせたんだから、見事なもんだよ」

その点は義弘の言うとおりで、実際、被害届けをだした会員はひとりもいなかった。マスコミに書き立てられたり、警察から事情聴取されたりはしたが、最終的にはそれ以上の騒ぎにはならなかった。

「それでまんまと八億せしめたわけだから、ヤマカンもやるよな」

「だけどやっぱりおれは残念だ」

「まあ、おまえだって八億円を山分けしてもらう権利はあるもんな」

「いやお金ってことじゃなくて」

「金じゃなくてプライドが許さないって言いたいわけ?」

「いや、そういうわけでもなくて」

うまく説明できなかった。

しかし、とにかく、資格受験という勇一郎の得意技が育《はぐく》んだひとつの世界がこれで終わってしまう。そのことが残念でならなかった。


二年後。

合格発表場に行くと、すでに一人記者がきていた。

「お疲れさまです」

勇一郎は一礼してから掲示板の前に立った。すかさず記者が持参のデジカメをかまえてシャッターを切った。業界雑誌の記者にはカメラマンを連れてくる予算はないから、写真はいつも記者が撮る。

「どうですか、今回の試験は」

シャッターを切りながら記者がきく。

「携帯の着メロもいまや自作オリジナル曲できめる時代ですからね。その意味で、着メロ・コンポーザー資格は、今後、間違いなく売り手市場になる有望な資格です。それだけに今回の合格ラインはかなり高かったと思います」

そうコメントしながら勇一郎は、合格掲示板に記された自分の受験番号を指さしてにっこり笑った。

初の〝資格受験師〟となって一年以上が過ぎた。

あの事件があってからというもの、しばらくは呆然として過ごしていたのだが、ある日、資格試験の主催者から声をかけられた。

「私どもの風力発電技能資格試験を受験していただけないでしょうか」

それは最近になってつくられた民間資格で、まだまだ知名度が低いことから受験者数が伸び悩んでいるという。このままでは資格制度の運営にも支障をきたしてしまうので、資格ファイターとして一世を風靡した勇一郎に受験してもらって話題をふりまき、知名度アップをはかりたい。ギャラもお支払いするのでぜひ、と依頼された。

これが契機となった。

元YOUイチローが資格受験界に復帰するとスポーツ紙が報じたものだから、風力発電技能資格って何だ、と話題となった。勇一郎はあの事件の被害者という位置づけで報じられたことも良いほうに作用して、これを契機に、ほかの資格試験の主催者からも声がかかりはじめた。

それからは早かった。久しぶりの資格受験を見事合格で飾った勇一郎を、資格受験専門誌が資格受験師と名づけてくれた。そして、資格受験界のご意見番として頻繁《ひんぱん》に誌面に登場させてくれたことから、再びファンがつきはじめた。

ファンといっても、あのときのような主婦や若者ではない。その大半がリストラや再就職対策として資格試験に賭けている中高年男性。いまや勇一郎が受験した資格にはおやじが殺到《さっとう》すると言われるほどの人気で、はからずも、かつてヤマカンが狙っていたおやじターゲットに食い込んだかたちだった。

なりゆきとはいえ、これほど自分を生かせる仕事に就けるとは思ってもみなかった。資格は相変わらず国・公・民を合わせて三千以上もあって、新しい資格も年間二百以上誕生しているから、この仕事を一生の仕事として続けていくことも不可能ではない。

その意味では、いまだにどこに消えたかわからないヤマカンには感謝している。彼がいたからこそいまの勇一郎があるのだから。

小一時間ほどで合格発表の現場取材は終わった。記者に見送られてタクシーに乗り込むと、勇一郎は携帯電話をとりだした。

「いま終わった。これで今日はオフだろ？」

するとと事務所にいる義弘が答えた。

「いや、つぎにBSテレビの取材が入ってるんだ」

「テレビ？」

「このところ頑張って営業してたもんでさ」

「おいおい、ひょっとしてファンクラブをつくるなんて言いだすんじゃないだろうな」

冗談めかして言うと、電話の向こうの義弘が言った。

「けど十億入るとしたら、どうする？」

居間の盗聴器

居間に盗聴器が仕掛けられているのに気づいたのは日曜日の夕方だった。妻の春江《はるえ》から何度も催促《さいそく》されていたビデオの配線を直そうとテレビの台をどかしたところ、コンセントの近くでとぐろを巻いているコードの下に小さな黒い箱が隠し置かれていた。鈴本章介《すずもとしょうすけ》は凍りついた。盗聴器というものを初めて見る章介の目にも、それはどう見たところで盗聴器だと断言せざるを得ない形状をしていた。

黒い箱の側面からはアンテナらしき細いコードがちょろりと垂れている。箱の角には、おそらくマイクが仕込まれているのだろう、金網状になっている部分も認められる。これが盗聴器でなかったら何が盗聴器か。不気味なブラックボックスを凝視《ぎょうし》しながら、章介は必死で考えをめぐらせた。

一週間前の時点では、こんなものはなかった。

「ビデオの配線、なんとかしてくれない?」

春江に強硬《きょうこう》に迫《せま》られ、とりあえず状況把握《はあく》とばかりにテレビの後ろ側を覗《のぞ》いたときには、盗聴器など間違いなく置かれていなかった。

「ちょっと手間がかかりそうだから、来週にでも本格的にやってみるよ」

結局はそう言い訳して、そのまま一週間放置していたのだが、その間に何者かが鈴本家のマンションに忍び込み、こっそり仕掛けていったのだろうか。

さてどうしよう。

章介は焦点《しょうてん》の定まらない目をしたまま眼鏡《めがね》をずり上げた。

そういえば週刊誌でこんな記事を読んだことがある。いまや日本は盗聴天国。秋葉原《あきはばら》に行けば手ごろな値段の盗聴グッズが売られていて素人《しろうと》でも簡単に入手できる。平成十一年に通信傍受法《ぼうじゅほう》が制定されて以来、警察も合法的に盗聴できるようになった。あなたのプライバシー、いつ白日《はくじつ》のもとに晒《さら》されるかわかったものではない、と最後は脅《おど》し文句で締め括《くく》られていた。

しかし、それがまさか自分の身に降りかかってこようとは思わなかった。

しばらく盗聴器を見つめていた章介は、おもむろにテレビの台を元に戻した。見てはいけないものを見てしまった。そんな思いに駆られて、無意識のうちに臭《くさ》いものに蓋《ふた》をしたのだった。

「鈴本の野郎がちっとも決裁《けっさい》しねえから、仕事が進まなくってよ」

いつだったか会社の部下が、トイレで陰口を叩いているのを個室の中で耳にしたことがある。

たしかに章介には、この国の責任者の大半がそうであるように、問題を先送りしてしまう傾向がある。というより、四十間近にして課長になって以来、無意識のうちに保身にまわるようになり、積極的に物事を判断しないようになってしまった。

まいったなあ。

章介は眼鏡を外して眉間《みけん》を揉《も》みほぐした。

しかし待てよ。よくよく考えてみれば、今回の場合は先送りこそが正解なのではないか。もし慌《あわ》てて盗聴器を外してしまえば、盗聴器を仕掛けた人間に、盗聴器を発見されたと感づかれてしまう。そうなってしまっては、まず盗聴犯の特定はむずかしくなる。我が家のプライバシーを盗み聴きしている不届き者を、まんまと取り逃がしてしまうことになる。

まったくどこのどいつだ。途方に暮れて吐息をついた。いくら考えても、盗聴器を仕掛けられるような理由も相手も思い浮かばなかった。警察に傍受されるような悪事を働いた憶えはないし、だれかから恨《うら》みを買っていることもないと思う。ほかに思い当たることといったら、最近、妻との仲が冷えきっていることぐらいだが、だからといって、妻が自宅の居間に盗聴器を仕掛けてどうなるというのか。

思いあぐねて腕を組んだ。

そのとき玄関で物音がした。妻が帰ってきたようだ。章介は眼鏡をかけ直し、そそくさとテレビの前から立ち上がった。


妻の春江は無言で居間に入ってきた。またひとりでデパートに行ってきたらしく、両手に大きな紙袋を提《さ》げている。

章介はソファで新聞を読むふりをしていた。盗聴器のことは口にしないつもりでいた。盗聴器があるぞと耳打ちしたとたん、ヒステリックに騒ぎ立てられることは目に見えている。そうなってしまっては元も子もない。いまは盗聴犯の特定とその目的を知ることこそが第一だ。もうしばらく章介ひとりの胸にしまっておこうと思った。

春江は章介に一瞥《いちべつ》をくれると、居間に隣接する寝室に入り、黙々と着替えはじめた。当然ながら帰宅の挨拶《あいさつ》はなかった。いやそれどころか、着替えたあとに一言の会話も交《か》わされないこともわかっていた。

このところは、おたがい、ほとんど口をきかない日々を過ごしている。結婚して十五年。ひとり娘のゆかりが中学に入学したころから、夫婦の会話がめっきり減りはじめ、気がついたときにはふたりのあいだにすきま風が吹いていた。

たまに春江が口をひらいたかと思えば、皮肉か嫌味か当てこすりだった。それでも章介は沈黙を保つことにしている。うっかり腹を立てて言い返した日には、その数倍の反撃に見舞われるからだ。

しかし今日にかぎっては、この状況は好都合だった。このまま一言の会話もないまま一夜が過ぎてくれることが何より望ましい。

その意味でも春江の機嫌を損《そこ》ねてはならない。盗聴器を発見したせいで、またしてもビデオの配線を直せなかった。それに気づかれたら最後、いつものごとく大騒ぎになる。何としても春江の気を逸《そ》らせて、夫婦喧嘩《げんか》だけは避けなければならない。こうしているあいだにも、どこかでだれかが耳を澄《す》ませているのだ。家庭内の恥はどうあってもさらけだすわけにはいかない。

「疲れたろう、今夜は寿司でもとるか」

着替え終わった春江に声をかけた。声色《こわいろ》に精一杯のねぎらいを込めた。

春江がちらりと視線を投げてきた。また家計費の無駄遣《づか》い？　とばかりに目で牽制《けんせい》している。課長になったのに手取りが減るなんて、あなたの会社っておかしいわよ。ゆうべもそんな話から、なぜこんなに家計が苦しいのか、と非難されたばかりだ。

おまえがデパートで似合いもしない洋服ばっかり買ってくるからだろう。そんな皮肉のひとつも返してやりたいところだったが、章介はぐっとこらえて春江に笑いかけた。

「心配するな、今月は小遣いを節約したから、おれの奢《おご》りだ」

章介がみずから寿司屋に電話しはじめると、春江は肩をすくめてキッチンに向かった。

冷蔵庫から缶ビールをとりだすと、自分のぶんだけグラスに注いで飲んでいる。

そんな様子を盗み見ながら、章介は安堵《あんど》した。とりあえず、この場は無事に切り抜けられた。

疲れているときの春江は、いつにもまして愚痴《ぐち》っぽくなる。安月給のこと、会社からの帰宅が遅いこと、2LDKでは狭いこと、娘が言うことをきかなくなってきたこと、更年《こうねん》期《き》が近づいて体調が思わしくないこと。つぎからつぎと定番の繰《く》り言が続き、辛抱しきれなくなった章介が反論したとたんに言い合いになり、本格的な夫婦喧嘩に突入するのがいつものパターンだ。

そんなみっともない日常が盗聴されていたかと思うと情けなくなるが、いずれにしても、もうこれ以上、無用な恥はさらしたくない。

「はい、たくみ寿司ですが」

寿司屋が電話にでた。

二丁目の鈴本、と言いかけて章介は言葉に詰まった。

ひょっとしたら電話も盗聴されているかもしれない。喉の奥に、いがらっぽいものがこみあげた。だが、出前の注文ぐらい盗聴されたところで何だというのだ。むしろ景気がいいところを見せつけてやれるではないか。

思い直して特上寿司を三人前頼んだ。こんなところで見栄《みえ》を張っている自分に苦笑してしまう。

「どれ、たまにはおれも一緒に飲むか」

受話器を置いた章介は、食器棚からグラスをもってきた。

春江がびっくりした顔をしている。どういう風の吹き回し？　そんな目で見ている。それはそうだ。結婚してこのかた、章介は箸《はし》の一本たりとも自分でもってきたことはない。一家の主《あるじ》たるもの、そういうことはするものではない。それが男として当然の心得だと考えてのことだが、これもまた春江を苛《いら》つかせる原因になっているらしかった。

だったらこの際、箸だろうが茶碗だろうが鍋だろうが釜だろうが、自分でもってこようと思った。あらぬ恥をさらすことを考えたら、そのぐらいの妥協が何だというのか。

インターホンが鳴った。だれだろう。寿司屋にしては早すぎる。章介は再びみずから席を立ち、インターホンの受話器をとった。

「あたし」

不機嫌な声がした。娘のゆかりだった。いつもは勝手に鍵を開けて入ってくるのだが、どうやら家の鍵を忘れたらしい。

玄関に行って開けてやった。すると、ゆかりも春江と同様、ただいまの一言もなしに家に上がってくるなり、自分の部屋にバタンと閉じこもってしまった。

ゆかりは化粧をしていた。章介の脇をすり抜けるとき、香水も薫《かお》っていた。どうせまた友だちと渋谷《しぶや》だか原宿《はらじゅく》だかに遊びに出かけて、馬鹿な女子高生の真似事《まねごと》をしてきたのだろう。もっと中学生らしくできないのか！　いつもなら怒鳴《どな》りつけているところだが、今夜は我慢した。春江を黙らせておくだけでも大変だというのに、へらず口だけは母親ゆずりの娘も加わったら、どんな騒ぎになるかわかったものではない。

できることなら、盗聴犯が特定できるまで部屋に閉じこもっていてほしいものだ。そう願いつつダイニングに戻り、春江の顔色をうかがいながらビールを飲んでいると、またインターホンが鳴った。

出前が届いたらしい。これで当分のあいだ女どもの口をふさいでおける。うるさい女には食べ物をあてがっておくにかぎる。章介は、いそいそと玄関に向かった。

翌日の月曜日。章介は、いつもより一時間早く家を出た。

出がけに、くれぐれも戸締まりは厳重にと春江に言い含めておいた。盗聴犯の出入りを念頭に置いてのことだったが、もちろんそうは言わなかった。

ここにきてマンション荒らしが頻発《ひんぱつ》している。まず玄関の鍵に要注意。ベランダの窓からの侵入にも用心してくれ。たとえ高層階であっても樋《とい》をつたって登ってくる。そうなったらおまえの身にも危険が及ぶから、十二分に警戒してくれよ、と何度も念押しした。

春江は黙ってうなずいた。ゆうべの特上寿司が効いたようで、ふだんよりは機嫌がいいようだ。

それでも、盗聴器の存在を知らない春江を残して出勤することに不安がないわけではない。だが、章介がいなければ春江もよけいな口はきかないだろうし、近所の主婦仲間とおしゃべりするときは、街道沿いのファミリーレストランに出かけることが多いようだ。とりあえずは、女たちの無駄話がこの居間で開陳《かいちん》される機会はない、と良いほうに考えることにした。

問題は電話だ。親しい女友だちに電話して、夫や家庭の愚痴をこぼされでもしたら盗聴犯を喜ばせるだけだ。何が目的の盗聴かはわからない。しかし、こっちの内情を知られれば知られるほど、あとあと不利益を被《こうむ》ることだけは間違いない。

ただ幸か不幸か、昨今は家計のやりくりが厳しいことから、春江としても長電話を極力控えている。となると、あとは先方から電話がこないことを祈るだけだ。

もうひとりの家族、ゆかりの帰宅後のことも心配だ。父親に対しては反抗的で無口な娘も、母親相手となると話はべつのようだ。母娘ふたりきりのときは、けっこうあけっぴろげな会話を交わしているらしく、女同士のおしゃべりからどんなプライバシーが漏洩《ろうえい》しないともかぎらない。

だが、ゆかりは最近、めっきり帰宅が遅くなっている。放課後は学校の友だちと遊び歩くのが日課らしく、年若い娘の父親としては喜ばしいことではないが、今回ばかりはそれが幸運に思えた。

このところのゆかりは、章介の顔を見るとそそくさと部屋にこもってしまう。ということは、章介がいつもより早めに帰宅すれば、ゆかりの帰宅時間と重なり、そのままゆかりは部屋にこもってくれる。必然的に母娘のおしゃべりタイムをなくすことができる。

うん、この手でいこう。そこで章介は出社時間をいつもより一時間繰り上げた。だれよりも早く始業して、てきぱき仕事をこなしてしまえば帰宅時間を早められると思ったのだ。

早朝のオフィスは静まり返っていた。いつもよりたった一時間早いだけだというのに、出社している人間はひとりもいなかった。

デスクについた章介は、さっそく眼鏡の汚れをきれいに拭《ふ》きとり、たまっていた決裁書類に目を通しはじめた。決裁事項は、この場で即決してしまうことにした。部下が出社したら仕事の段取りを打ち合わせて、あとのことは部下に押しつけてしまえばいい。

ポンポンと判子を押していった。中身についてはほとんど検討することなく、書類の山を減らすことに専念した。こんな性急な決裁をして大丈夫だろうか。部下に仕事を丸投げして万一間違いが起きたらどうしよう。ふと不安がよぎった。だが、章介は首を左右にふった。いまは緊急時なのだ。たとえ仕事が疎《おろそ》かになろうとも、どこのだれとも知れない盗聴犯の正体を突きとめて、その動機を解明しなければならない。

プライバシーを探って恐喝でもする気なのか。家族のだれかを貶《おとし》めて陰湿な目的を達成しようとしているのか。考えれば考えるほど仕事どころではなくなってくるが、とにかくいまは正念場だ。

章介はそう自分に言いきかせると、決裁をすませたところで午前中いっぱいかけて部下と仕事の段取りを詰め、午後になったところで得意先回りと称してオフィスを離れた。

訪ねたいところがあった。

•

繁華街の雑踏を抜けた先に古びた雑居ビルがあった。車一台がやっと横づけできる程度の間口の四階建て。モルタルの外壁のそこここにひび割れが入り、窓枠に塗られたペンキは大半が剝《は》げ落ちている。

なのに、テナントの看板だけはぴかぴかだった。地階にはキャバクラ、一階には居酒屋、二階と三階には消費者金融会社の電飾看板が掲《かか》げられ、それぞれが派手な原色を競い合っている。そしてその上階に唯一、白地に黒文字のシンプルな看板を出しているのが、章介が目指す事務所だった。

『横山《よこやま》探偵事務所』

電話帳の広告を調べて見つけた。ページを繰っているときには、世の中には探偵事務所と名乗るものがこんなにたくさんあるのかとびっくりしたものだが、とりあえずは、会社からいちばん遠い街にあるこの事務所を選んだ。

受付の女子事務員に来意を告げると、奥の部屋から小太りの中年男があらわれた。探偵というより八百屋《やおや》のおやじのほうが似合いそうな風貌《ふうぼう》だったが、その男が所長の横山だった。

「で、ご相談は？」

横山は向かいのソファに座るなり、単刀直入に質《ただ》してきた。一瞬、逡巡《しゅんじゅん》したものの、章介は覚悟を決めて概略を話した。

「奥さんが疑わしい気がしますな」

話をきいた横山は即座に断言した。その目は、やけに鋭く据《す》わっていた。そこが八百屋と探偵の違いなのだろう。

「妻が、ですか？」

横山の目を見返した。

「そう。たとえば、いま奥さんは不倫している。不倫相手の男と一緒になりたいと願っている。そこで、あなたに離婚を切りだして揉めたときに離婚調停を有利に運べるような証拠を確保しておこうと考えて、不倫相手の男に盗聴器を仕掛けさせた」

「まさか」

「もちろん、たとえばの話ですけどね。しかし、これはさほど突飛《とっぴ》な想像ではありません。亭主とストレスなく別れるためなら何だってする。それが近ごろの奥さんってものですから。実際、奥さんとはうまくいっていますか？」

「まあその、多少は」

「冷えきっているわけですね」

「それはその」

「べつに恥ずかしがることじゃありません。いまどき結婚十五年目ともなれば、冷えていない夫婦のほうがめずらしいほどですから」

「でも、もし妻が盗聴の仕掛人だったとしたら、わざわざビデオの配線を直させるようなまねをしますかね」

「亭主に最後のチャンスを与えた」

「それはないでしょう」

内心苦笑した。探偵社選びを間違えたかもしれない。ここは早々に退散したほうがよさそうだと思っていると、

「あるいはリストラ絡《がら》みとも考えられます」

横山がたたみかけてきた。

「リストラ絡み？」

「辞めさせたい社員の弱点を握り、それを口実に追い詰めてクビにする。近ごろの会社は、それぐらいのことは平気でやります」

「でもうちの会社にかぎって」

「甘いですな。いまどきは、ヘッドハンティング会社と組んで他社に余剰社員を引き抜かせ、引き抜いた先でクビにさせる。そんな手の込んだことまで、ごくふつうの会社がやっているる時代なんですよ。社員のプライバシーを盗聴するぐらい朝飯前です」

「それにしても」

「でなければ娘さんにストーカーがついているのかもしれません。娘さんは中学生でしたよね。となるとロリコン系のストーカーの可能性は十分にある」

「でも、もしその手のストーカーだとしたら、娘の部屋に仕掛けるんじゃないですか」

「いいや、母親と娘の両方を狙って居間に仕掛けるストーカーだっていないことはない」

「それはないでしょう」

章介はたまらず失笑を漏《も》らした。もっと現実的なアドバイスが得られると思ってやってきたのだが、やはり見込み違いだった。

潮時《しおどき》と判断した章介は腰を浮かせかけた。その瞬間、

「そんなことだから盗聴なんかされるんですよ！」

怒鳴りつけられた。章介は反射的に身をすくめた。

「いいですか、鈴本さん。あなたはいちいち否定してかかるが、毎日のニュースを見てごらんなさい。世間ではそんな馬鹿なと仰天《ぎょうてん》するような事件が、連日連夜起きているじゃないですか。わたしはこの仕事をはじめて三十年になる。それでわかったことはただひとつ。人間なんてものは、これっぽっちも信じちゃいけないってことですよ。だれが何をやらかしてもおかしくない、という前提に立って前向きに対処しないことには、何事も解決

しない。それが現実なんですよ。なのにあなたは現実から目を背《そむ》けて事態を先送りしようとしている。そんなことだから、自宅に盗聴器を仕掛けられるような間抜けな目に遭《あ》うんですよ。馬鹿げた想像だと否定するのは簡単だ。でも、まずはあらゆる可能性を探ってみないことには何事もはじまらんでしょうが！」

夕方になって家に電話を入れた。帰宅コールなど一度たりともしたことがなかった章介だが、これも春江の機嫌を損ねないためだとダイヤルした。

「いまから帰る」

「あらめずらしいこと」

乾いた声が返ってきた。

おれがこれだけ苦労してるってのに。

ふいに怒りがこみあげたが、章介はこらえた。一回目の調査結果が出るまで、あと十日ほどかかる。それまでは不用意な諍《いさか》いは避けなければならない。どこのだれとも知れない盗聴犯には、平和で穏《おだ》やかな団欒《だんらん》風景だけを聴かせておくようにと、横山からも念押しされている。

あのあと結局、横山に調査を依頼してしまった。熱弁に気圧《けお》されたこともあったが、お客を怒鳴りつけてまで諭《さと》してくれる横山なら信用できるかもしれないと思った。

横山が提案してくれた調査の段取りはこうだ。まず手はじめに春江の調査からはじめる。春江がシロだったら会社関係、会社関係がシロだったら娘のゆかり、と順番に調べていく。

調査費用はそれなりの金額を提示された。だが、へたに費用をケチっている場合ではない。こうしているあいだにも我が家の居間で盗聴器が耳を澄ませているのだ。ここは腹を括《くく》るより仕方がない。

最寄り駅の改札口を出たところで焼き鳥の煙に鼻腔《びこう》をくすぐられた。

駅前に行きつけの居酒屋があり、いつもなら迷わず立ち寄るところだが、いまはそれどころじゃない。自由になる金は調査の前金に注《つ》ぎ込んでしまったから居酒屋に入ったとしても飲み代がない。

いまは非常時なのだ。仕方ないじゃないか。そう自分に言いきかせながら自宅マンションへの道を急いだ。

それにしても午後六時前に帰宅するなんて何年ぶりのことだろう。

平日はいつも会社の仕事が忙しくて午前様も当たり前。そこで休日は寝だめにいそしむことになり、相手をしてもらえない妻と娘はそれぞれ外出して家族バラバラに過ごすことになる。

たまに早い時間に仕事が引けたときも、会社の同僚と飲みに繰りだしたり、ひとりで駅前の居酒屋に引っかかったりして、気がつけば、いつもと変わらない帰宅時間になっている。当然、春江たちは寝静まっている。小腹がすいたときは冷蔵庫の中の残り物をチンしてつまむ。

そんなこんなで、ここ半年以上、章介は家族と夕餉《ゆうげ》を囲んだ記憶がないのだが、それがいきなり午後六時前に帰宅して、果たしておれの夕飯が用意されているだろうか。なければないでコンビニで何か買ってこよう、と覚悟を決めて玄関ドアを開けると煮物のにおいが漂《ただよ》ってきた。

椎茸《しいたけ》と筍《たけのこ》と鳥肉の煮物は、章介の好物のひとつだ。ぬるめに燗《かん》をつけた酒をちびりちびりやりながら、醤油《しょうゆ》味の濃い煮物をつまむときほど幸せな時間はない。

風呂も沸いていたのでゆっくり風呂につかり、やれやれと食卓についたところでゆかりが帰ってきた。絶好のタイミングだった。これで母親とのおしゃべりは封じられたし、夕飯がすめばすぐ部屋にこもってくれるはずだから願ってもない。

食卓には好物の煮物のほかに鰹《かつお》の叩き、コハダの酢の物、小松菜と厚揚げの煮びたし、そしてゆかりが好きな鶏の唐揚げとポテトサラダも並んでいた。

めずらしく頑張ったものだと思った。こういうときにしくじると離婚の際に不利になるから、春江としても隙《すき》を見せたくなかったということか。

まずはビールで喉を潤《うるお》してから、ぬる燗の酒に切り替えた。春江もビールを飲んでいる。新婚当時は、あまり飲めない春江に、おまえも飲めよと勧《すす》めたものだったが、いまでは勧めなくても自分から飲むようになった。

ひさしぶりの家族揃《そろ》っての食事だけに、しばらくはぎくしゃくした空気だった。だが、晩酌のアルコールがまわるにつれて、このコハダはどこのだ？　駅前の魚屋さん、といった短い会話がぽつりぽつり交わされるようになった。

けっこう団欒っぽい雰囲気ではないか。春江としても盗聴器向けの団欒を演出しているのかもしれないが、これでは盗聴犯も盗聴のしがいがないことだろう。

これでいいんだ、と章介は思った。

春江はどこかの男と不倫しているかもしれない。章介がリストラの憂《う》き目に遭う可能性も否定できないし、ゆかりが悪質なストーカーに狙われている恐れだってないわけではない。

だが、とりあえずはこうして無難な日々を演出していくことが大切なのだ。章介はあらためて自分に言いきかせた。

数日後、部長に呼ばれた。

やはりきたか、と章介は奥歯を噛《か》みしめた。このところ連日、ひとり早々と帰宅してしまう章介の勤務状況は、おそらく部長にも伝わっているはずだ。

仕事の采配《さいはい》にしても、最初に段取りをつけただけでそっくり課員に丸投げしてしまっている。それでなくても業績が下降線を辿《たど》っているというのに、まず叱責《しっせき》は免《まぬが》れないだろう。

章介は最悪の事態を想定しながら神妙な面持《おもも》ちで部長の席に向かった。

ところが、章介の顔を見た部長は穏やかに言った。

「名古屋の新規契約の件だが、どうなっているかね?」

こわもての部長らしからぬ切りだし方からして悪い話ではなさそうだ。章介は肩の力を抜くと、部長の目を見据えて答えた。

「その件につきましては、課の東海林《しょうじ》が奮闘してくれておりまして、いまのところ順調に進捗《しんちょく》しています」

「そうか。じつは昨日、常務が直々《じきじき》に電話をくださったんだ。たまたま別件で名古屋に電話したところ好感触だったと喜んでおられてね」

名古屋の契約は、駆け引きがむずかしい一件だったことから、東海林の仕切りで大丈夫かと気にかかっていた。落としどころが見えたところでフォローしたほうがいいかと考えていたが、これならもうしばらく彼にまかせておいてよさそうだ。

章介はホッとして眼鏡をずり上げた。すると部長が手を差しだした。

「鈴本くん、この調子でたのむよ」

章介も手を差しだして握手を交わすと、一礼して席に戻った。いい気分だった。叱責どころか思いがけなく点数を稼《かせ》いでしまった。

盗聴対策のためとはいえ、このところ仕事を手抜きしすぎているのではないかと不安でならなかった。リストラを狙った盗聴の可能性もあるというのに、盗聴対策で仕事が疎かになってリストラされたのでは洒落《しゃれ》にもならない。

いずれにしても、これでまた当分は、仕事を部下まかせにして早めに帰宅できる。もうまもなくすれば、横山探偵事務所から一回目の調査結果が報告されることになっている。それまでは、家庭に波風を立てるわけにはいかない。会社の仕事より家庭の円満を最優先させなければならない。

デスクに戻った章介は、あらためて胸を撫《な》で下ろすと、たまたま席にいた東海林に声をかけた。

「頑張ってるみたいじゃないか。部長も褒《ほ》めてらっしゃったぞ」

すかさず東海林が席を立って頭を下げた。

「ありがとうございます、鈴本課長のおかげです」

ちょっと驚いた。東海林にしてはえらく殊勝な態度だった。

六人いる部下の中でも東海林は辛口の男で、章介が指示を出してもあれこれ理屈を並べ立てて反発してくることが多かった。

それが今日は頭を下げて礼まで口にするとはどういう風の吹きまわしだ。

面食らいながらも章介は東海林の肩を叩いて告げた。

「とにかく、この件に関しては全面的に東海林くんにまかせた。思う存分、腕をふるってくれ」


五日後、一回目の調査結果が上がったと電話が入った。

さっそく横山探偵事務所に駆けつけると、相変わらず八百屋のおやじのような風貌の横山が、調査資料や証拠写真を提示しながら結果を報告してくれた。

結論から言えば、春江はシロだった。尾行調査や友人知人の聞き込み調査など、さまざまな角度からチェックしてみたが、男の影はまったく見当たらなかったという。

「男の影どころか、いまどきめずらしいほど真面目な奥さんでした。十日程度の調査では完全にシロとは言いきれませんが、しかし、ああいう奥さんを大切にしないとバチが当たりますぞ」

正直、安堵した。

ここ何年もの間、妻のことは放ったらかしてきた章介だが、それでも、もし不倫相手がいたとなれば心中穏やかではいられなかったと思う。

あれでも新婚時代はかわいい女だった。ふたりで歩いているときにほかの男からの視線を感じて焼き餅《もち》を焼いたこともあった。それを考えると、年をとったとはいえ、もしや、と疑う気持ちもあっただけに、いまどきめずらしいほど真面目、という横山の言葉には救われた。

しかし、内心とは裏腹に章介は苦笑いしてみせた。

「いまどきうちのやつに手を出すような物好きはいなかったってことですね」

むろん照れ隠しの憎まれ口だったが、とんでもない、と横山が続けた。

「奥さんは身持ちを堅くしていますが、スーパー河内《かわち》の店長、柴田《しばた》クリーニング店の主人、同じ町内の自治会長さんと、奥さんを見る目が違う男性はけっこういましたからね。こういう仕事を長くやっているとよくわかるんですが、これに安心せず、くれぐれもご用心を」

論《さと》すように言うと横山は煙草《たばこ》に火をつけた。

「となると、やはり、リストラ狙いでしょうか」

章介は話を進めた。いつまでも妻のことを話しているのが恥ずかしかった。すると横山は点《つ》けたばかりの煙草を灰皿に押しつけて身をのりだした。

「その線が濃厚になってきました。念のために奥さんのほうも継続調査してみますが、本命は会社関係に絞《しぼ》られた気がします」

「でも会社関係となると、範囲が広すぎて困っちゃいますよね」

「いいえ、セオリーを踏襲《とうしゅう》すればターゲットは絞れるものです。ひとくちにリストラ狙いといっても、たとえばライバルを蹴落としたい同僚が仕掛けている場合もあれば、気に入らない上司を失脚させたい部下の場合もあれば、不倫で遊ばれた恨みをもつＯＬの場合もあります」

「不倫の線はありません」

きっぱり告げた。その手の話は残念ながら一度もない。

「同僚や部下は？」

「ない、と思いたいです」

「そういうことでしたら、まずは人事部主導の線から当たってみましょう。会社の人事部による組織的犯行は、近年、とみに増えていますから、突つくところを突つけば意外に早く判明すると思います」

面倒なことになりそうだと思った。同僚や部下が相手であれば個人対個人のトラブルだけに、まだ解決しようがある。しかし、会社という組織相手となると一筋縄《ひとすじなわ》でいくものではない。

章介は嘆息《たんそく》した。春江の不倫疑惑が晴れたと思ったら、こんどは失業の危機に直面しているわけで、こんなことなら春江の不倫だったほうが、解決のしようがあるだけまだましだったかもしれない。

いまどき四十過ぎの中年男が会社を放りだされたら再就職先などないに等しい。たった一個の盗聴器が、ここまで深刻な状況を呼び込もうとは思わなかった。しかも、これほどの危機に直面しながら、自分ではなすすべがないのだから情けない。

帰りの電車の中で、いつにない不安に襲われた。とてもじゃないが、これは自分一人で解決できる問題じゃないと思った。

「あした、外でゆっくり食事でもどうだ？」

帰宅してすぐに春江を誘った。

あしたからゆかりは、校外学習で二泊三日のキャンプに出掛ける。盗聴器がない場所で夫婦ふたり、ゆっくり話したかった。

春江は戸惑《とまど》っているようだった。このところの章介ときたら、突然帰宅が早くなったかと思うと、家事を手伝ったり、娘に甘い顔を見せたり、人が変わったような豹変《ひょうへん》ぶりだ。その挙句《あげく》に、わざわざ外での食事に誘われたとあっては、春江としても夫の魂胆を計りかねているのだろう。

「折り入って話があるんだ」

章介はたたみかけた。

ここは正念場だと思った。シロと判明した春江に、この際、すべて打ち明けてしまうつもりだった。

会社関係の調査は、思いのほか時間がかかった。横山からは、二週間ほどあれば中間報告がまとまります、と言われていたのだが、それが延びに延びてもう一か月にもなっている。

しかし章介は焦《じ》れることなく結果を待っていた。余裕をもって待っていた、と言ってもいい。春江に洗いざらい告白したことで、いい意味で開き直れていたからだ。

あの翌晩、都心のイタリア料理店に出掛けた。カードで支払うつもりでコース料理を奮発して食べ終えたところで、事の顚末《てんまつ》を話した。

春江は黙ってきいていた。そして、事情を把握したところでこう言った。

「そんな会社、もうどうだっていいじゃない。一生懸命働いてきた社員を盗聴器を使ってクビにしようだなんて、あんまりだと思う。そんな卑劣な会社、こっちから辞表を叩きつけてやればいいのよ。夫婦ふたりで頑張れば、いまどき何をやったって生きていけるんだから」

驚くほどさばさばした表情だった。

ここ数年、春江との会話といったら、愚痴をこぼされるか文句をつけられるか皮肉を言われるかくらいしかなかった。その春江の口から、こんな言葉が返ってこようとは思わなかった。

もちろん、まだ会社の仕業《しわざ》と判明したわけではないから、すぐ辞表を叩きつけるわけにはいかない。

しかし、妻の春江が腹を括ってくれたことが章介にはうれしかった。いざというときの覚悟を夫婦で共有できたことで、ふたりの距離が久しぶりに縮まった気がした。

その日を境に、居間で過ごす家族の団欒に変化が起きた。それまでは盗聴器を恐れて家族団欒を装っていた章介が、心からリラックスできるようになったからだ。

　春江の手料理に舌鼓《したつづみ》を打ちながら、たわいもない会話を肴《さかな》にゆるゆると晩酌していると、リストラされたところでどうだというんだ、という前向きな気持ちになれた。

　章介がリラックスすれば春江もリラックスする。そうして夫婦の間になごやかな空気が流れるようになると、娘のゆかりの態度も変わりはじめた。

　父親を避けて自室に閉じこもる場面がずいぶんと減ってきた気がする。いまも父と娘の微妙な距離がないことはないが、自分の娘が何を考えているのかまったくわからない、という絶望的な閉塞感《へいそく》がなくなってきただけでも章介としてはよかったと思う。

　盗聴器の存在は忘れたわけではない。しかし、いまでは盗聴器と平常心で付き合えるようになってきた。盗聴するなら勝手にしてろ、という開き直った気持ちになったからだ。

　同様に、会社の仕事も開き直ってやれるようになった。決裁すべきはさっさと決裁して、部下にまかせられることはどんどんまかせて、明日できることは明日にまわして、とっとと帰宅する。そんな毎日のパターンが定着した。

　にもかかわらず、驚いたことにここ一か月で章介の課は突出した成績をおさめてしまった。おまけに課長の章介は社内月間ＭＶＰの内示までうけた。

　社内月間ＭＶＰとは、野球好きの専務が発案した表彰制度なのだが、リストラしようとしている人間を選ぶとはどういう了見《りょうけん》だ、と春江と笑ったものだ。

むろん章介は辞退した。この好成績は、名古屋の新規契約をまとめ上げてくれた東海林をはじめ、課員みんなの頑張りのおかげだったからだ。

ところが人事課から再考を促《うなが》された。

「このところの課の躍進は、鈴本課長の即断即決と部下を信頼してくれたことによるモチベーションの上昇に起因している。功労者の鈴本課長にぜひ月間MVPを」

と東海林をはじめとする課員たちから強い推薦があったのだという。

面映《おもは》ゆい話だった。いずれも盗聴対策でやむなくとった措置にすぎない。風が吹けば桶屋式の殊勲《しゅくん》でしかない。それでも、そこまで言われて固辞《こじ》するわけにもいかず、課員の頑張りを代表するかたちで、というエクスキューズつきで表彰をうけることにした。


家庭と会社、両面に変化が生じはじめたころ、二回目の調査結果がまとまった。

「意外な結果でした」

章介の顔を見るなり、横山は申し訳なさそうに言った。

会社関係のどこにどう探りを入れても、リストラの陰謀が企《くわだ》てられている事実も証拠もまったく見当たらない。また、ライバルが章介を蹴落としにかかっている気配もない。したがって会社関係もシロと断定せざるを得ない。

これが横山の結論だった。

「これでもかなり時間をかけて念入りに調査したのですが、リストラを画策しているどころか、鈴木さんの評判、上々でしたよ。だって月間MVPをとられたんでしょう？　リストラどころかヘッドハンティングを警戒している幹部もいたほどですから」

章介としても意外な結果だった。

このところ章介は、もしリストラされたら蕎麦《そば》打ちの修業でもして蕎麦屋をやってはどうだろうとか、NPOを立ち上げて地域貢献事業に取り組めないかとか、いろいろな道を模索しはじめていた。

その意味では拍子抜けしたようなホッとしたような不思議な気分だったが、しかし、単純に安堵してばかりもいられない。

「会社関係でないとなると、いよいよ娘にストーカーがついているということですね」

章介は眉を寄せた。

近年のストーカーは凶悪化している。警察に相談しても何の助けも得られずに若い娘さんが殺されてしまったという痛ましい事件も多々起きている。娘のゆかりも、そうした危険にさらされているというのか。

「ところがですねえ」

横山が腕を組んだ。じつは、春江の不倫疑惑の追跡調査のついでに、ゆかりの周辺も洗ってみたのだという。すると、こちらもストーカーらしき人物が見当たらない。

「シロということですか?」

「まず間違いなくシロです」

とりあえず安心した。

しかし、妻も会社も娘もシロとなると、ではいったいだれが何の目的で盗聴しているというのか。

「そこなんですよ、鈴本さん。ほかに何か思い当たることはありませんかねえ。これでも三十年ほど探偵をやっていますが、こういうケースは初めてでして」

人間社会というのは、まだまだわからないことだらけですねえ、と横山は吐息をつく。

そう言われても章介だって困ってしまう。

「どうしたらいいんでしょう」

すがる思いで問い返すと、横山は困惑した表情のまま同じセリフを返してきた。

「どうしたらいいんでしょうねえ」

盗聴器を受け入れることにした。

いまだにテレビの裏側にひっそりと仕掛けられている盗聴器を、あるならあるでいいじゃないか、と気にかけないことにした。

思いきって排除してしまうことも考えないではなかった。しかし、うっかり盗聴器に触って藪蛇《やぶへび》になるよりは、流れにまかせてその存在と共生してみよう、と思い直した。いまどきは人違い殺人が起きるご時世だ。人違い盗聴があったところで不思議はない。あれはおそらく何かの間違いで仕掛けられた盗聴器なのだ。そんなものをいつまでも怖がっていてどうする。だれが盗聴しているのか、わからないならわからないままでいいではないか。

「うん、それでいいわよ。どっちにしても、いまの鈴本家には知られて困るようなプライバシーなんてないわけだし」

春江が微笑《ほほえ》みながら言った。あっけらかんとした表情だった。

たかが盗聴器一個のために、大枚の調査費用をかけたうえ、妻や会社を疑ったり、娘の凶事を心配したり、ずいぶんと回り道してしまった。

だが考えてみれば、その盗聴器のおかげで家族に対しても仕事に対しても、これまでの自分を良い方向にリセットすることができた。夫婦仲は修復され、娘との関係も良好になり、仕事も順調に運んでいる。

何かの偶然で迷い込んできたあの盗聴器は、じつは巧妙なる天の配剤ではないかと、柄《がら》にもなく運命論じみた思いすら抱いてしまう。

こうして心にゆとりがもてるようになったせいか、近ごろでは夫婦でこんな会話も交わせるようになった。

「あなた、重大な告白があるの」

「どうしたんだ」

「じつは押入れに」

「え！　死体を隠してただと！」

もちろん、押入れに死体など隠していない。謎の盗聴犯をからかって遊んでいるだけだ。

これはこれでけっこう盛り上がる遊びだった。夫婦の馬鹿げた会話を、どこかでだれかが真剣に盗み聴きしている。そう思うと、おもしろくて仕方なかった。

「だけど、これでもしだれも聴いてくれていなかったら、逆につまんなくなっちゃうわね」

春江がぽつりともらした本音には思わず吹きだしてしまった。

そうして数か月が過ぎたある日。

ふと思いついてしばらくぶりにテレビの裏側を覗いてみると、盗聴器がなくなっていた。

いつだれが撤去したのか、それはわからない。だが、とにかく、とぐろを巻いたコードの下に置かれていた小さな黒い箱が忽然《こつぜん》と姿を消していた。

「どうしちゃったのかしら」

春江が浮かない顔で言った。

「どうしちゃったんだろうなあ」

章介は首をかしげた。

あれほど大騒ぎした盗聴器だというのに、いざなくなってしまうと、それはそれで寂しい気持ちになるから不思議なものだった。


その年の暮れ、章介は夜の街を歩いていた。課の若手が企画した忘年会の会場に課員たちと向かっていた。

「課長、今夜はガンガンいきましょうよ」

前を歩いている東海林がふり返って言った。ほかの課員たちも宴会前から例年になく盛り上がっている。

章介の課にとって今年は絶好調の年だった。このペースでいけば来年の三月決算には、課の総売上高は前年比三十パーセント増も夢ではない。おかげで、いまや章介の課は社内でもっとも期待される課になっている。

章介たちの浮かれた気分を盛り立てるかのように、街も年末の賑《にぎ》わいを見せていた。歩道沿いに並ぶ店はきらびやかにショーウインドーを飾り立て、道すがらの目を楽しませてくれている。

そのとき、章介の足が止まった。通りかかった玩具店の店先に置かれたワゴンセールの小物に目を奪われたからだ。

ゼンマイ式自動車、ミニ地球儀、怪獣人形といった昭和の匂いがするセール品が並べられたワゴンの中に、小さな黒い箱があった。三百八十円の値札がつけられたその箱の側面からは細いコードがちょろりと垂れ下がり、角の部分にはマイクが仕込まれているような金網状の飾りがついている。

驚いて手にとって眺めていると、

「課長、それって古すぎ」

課の女の子に笑われた。

ダミー盗聴器。友だちや彼氏の部屋にこっそり置いてきて驚かせる遊びが、一時期、若い女の子のあいだで流行《はや》ったのだという。

「そうだったのか」

章介は立ちすくんだ。すべての出来事が一本の線上でつながった。

この玩具店のちょっと先にはデパートがある。妻の春江が章介に相手にされていなかったころ、しばしば洋服を買いにきていたデパートが。

「そうだったのか」

いま一度、章介は呟いた。そのとたん、腹の底から笑いがこみあげてきた。

課の女の子が不思議そうに見ている。周囲を歩いている人も振り返っている。それでも章介は、その場に佇《たたず》んだまま、しばらく声を上げて笑い続けた。

ボランティア降臨

その女性がやってきたのは土曜の朝のことだった。

たまたま一昨日《おととい》、義母が足を痛めてしまったことから、今日もパート仕事を休むかどうか思案しているところに、だれかが訪ねてきた。

「ボランティアにうかがいました」

玄関を開けると、花柄のエプロンをつけた女性が立っていた。髪を後ろで束《たば》ね、すっきりした薄化粧。木元喜美江《きもときみえ》と同じ三十代半ば過ぎといった年恰好《としかっこう》だった。

「お義母《かあ》さまの足が不自由になられたときいたものですから、ぜひ介護させていただこうと思いまして」

女性はクボタミチコと自己紹介してから会釈《えしゃく》した。

「そんな深刻な症状じゃないんですよ」

喜美江は恐縮して言った。

医者の診断では軽い肉離れということで、喜美江が一日か二日、パートを休んで面倒を見てやればいい程度の怪我《けが》だった。介護なんていう大袈裟《おおげさ》なものは必要ない。

「ほんとうにご心配なく」

喜美江は丁重《ていちょう》に辞退した。

するとクボタミチコは眉を寄せた。

「それがいけないんですのよ。お医者さまはどうおっしゃったか知りませんけど、高齢者の怪我は事後のケアを誤ると命とりになる場合もありますから、ここは大事をとらなくては」

「ですけど」

「遠慮なさることはありませんわ。無事ですめばそれでよし。万が一を考えて些細《ささい》なことでもお手伝いする。それがわたくしどもボランティアの喜びでもあるのですから」

そのとき、義母が茶の間から顔をのぞかせた。

「どうしたの？　喜美江さん」

「いえそれが」

喜美江が説明しかけると、クボタミチコがさっと靴を脱ぐなり家に上がり、

「あらまあお義母さま、大変なことでしたねえ」

義母に駆け寄った。喜美江が呆気《あっけ》にとられているとクボタミチコは義母にも自己紹介してから、

「あらら、まだ足を引きずってらっしゃるのね。いけませんことよ、ご自分で動いてしまっては治る怪我も治りませんから、当分は安静第一。御用があれば何なりとわたくしにおっしゃってくださいな。朝ごはんは、もう召し上がった？　お茶は？　お茶菓子は？」

やさしく肩を抱きかかえると、茶の間に入っていく。

そのままクボタミチコは義母の世話を焼きはじめた。義母をソファに座らせ、お茶を淹《い》れ、テレビをつけ、チャンネルを選び、肩を揉《も》み、トイレにも付き添いと、甲斐甲斐《かいがい》しく動いてまわる。

これには最初のうちこそ戸惑《とまど》っていた義母も、

「いい方がきてくださったねえ」

と喜んでいる。

喜美江としても多少強引なところが気にはなったものの、しかし、たとえ相手が実の親であってもここまで親身に世話が焼けるものではない。いまどきよくできたひとがいるものだと感心した。

義母もクボタミチコの献身ぶりに安心したらしく、

「喜美江さん、あなたはパートに行ってらっしゃい」

今日はクボタさんにお願いしてみましょうよ、と言いだした。

「こういうときは、おたがいさまじゃないですか。どうか安心してお出掛けしてください」

喜美江が躊躇《ちゅうちょ》していると、クボタミチコが微笑《ほほえ》んだ。

「でもそれだと」

喜美江はスーパーでレジを担当している。

ひとり息子の弘樹《ひろき》が中学に入学すると同時に、多少でも家計の足しになればと勤めはじめて三年目になる。初出勤の翌日には辞めてしまう奥さんもめずらしくない職場にあって、勤続三年ともなればそれなりのキャリアといっていい。いまでは早番レジの班長をまかされるまでになってしまった。

毎朝八時半には家を出る。駅前のスーパーまでは運動をかねて二十分ほど歩いて通っている。九時には朝礼その他の業務がスタートして、店は十時開店。昼食と休憩時間をのぞいては夕方五時までレジに立つ。大きなセールがあるときには六時七時まで残業することもある。

休みは毎週水曜日。弘樹が小学生のころは週末に家族で出掛けることも多く、土日出勤のパートはむずかしかった。でも中学三年生ともなれば、家族と行動することは喜ばない。このところ仕事が忙しい夫にしても土日は家でごろごろしたがるから、喜美江が家にいなくてもさほどの支障はない。

そんな時期に義母が同居するようになった。夫の故郷で老夫婦二人でのんびり暮らしていたのだが、義父が亡くなったことから夫が呼び寄せた。はじめて嫁姑《よめしゅうとめ》が同居するとあって、最初は喜美江も義母もおたがいに緊張した。だが、昼間は喜美江がパートで留守にしていることも幸いしてか、これまでのところは無難にやってこられた。

しかし、これからは嫁姑問題よりも介護問題のほうが気がかりだ。今回の肉離れの件でも、それを思い知らされた。なにしろ発端《ほったん》は、庭に根を張っていたセイタカアワダチソウを力まかせに引き抜いただけ。ただそれだけのことで肉離れに見舞われたのだから驚いた。

いまどきは三ミリの段差で転んで寝たきりになる老人もいれば、二十センチの残り湯で溺《おぼ》れて植物状態になる老人もいるという。もし義母がそんなことになってしまったら木元家はどうなってしまうことか。会社が忙しい夫とパート勤めの妻の二人では、とても介護などしている余裕はない。

近所には、母親が認知症になったばかりに家庭不和に陥《おちい》った一家がある。夫は、妻の役割だからと逃げ、妻は夫の責任だとなじり、挙句《あげく》の果てに二人は離婚。母親は遠い山間の施設に送られて孤独な死を迎えたときいている。

いまや家族の力だけで介護ができる時代ではない。だれかに助けてもらわないことには、とてもじゃないが家族が立ちゆかなくなる。その意味からも今回、偶然とはいえボランティアとの縁《えん》が生まれたことは木元家の将来にとっては幸運だったかもしれない。

そんなことを考えながらパートの仕事を終えて喜美江が帰宅すると、夕食の準備ができていた。クボタミチコが料理までしていてくれた。

いつもは喜美江が、自分が勤めるスーパーで食材を買って帰って、それから夕食の支度にかかる。義母にはできるだけ負担をかけたくないこともあって、こと夕飯に関してはすべて喜美江がやっているだけに、残業があった日など午後九時過ぎになってやっと食べられることもある。

「たまには早い夕めしもいいもんだな」

今日はめずらしく土曜出勤がなかった夫が、ビールを片手に目を細めた。食卓には夫好みの冷奴《ひややつこ》と烏賊《いか》の塩辛が用意されていた。義母が好きな鯛《たい》の刺身と弘樹のための肉じゃがもちゃんと並べられている。

「うまい」

めずらしく弘樹が口をひらいた。思春期に入ってからというもの、ろくに口をきかなくなったというのに、今夜はやけに愛想《あいそ》がいい。

義母もいつになく上機嫌でいる。

「さっきお風呂に入ったとき、ミチコさんが背中を流してくれたの。ほんとにいいひとだねえ。ボランティアっていうよりも、わが家に女神さまが舞い降りてきてくれた気分だよ」

義母に持ち上げられたクボタミチコが、とんでもありません、と照れ笑いした。すべての準備を終えて帰りかけた彼女を義母が引きとめて、一緒に食卓を囲んでもらったのだ。

「そうだ、ミチコさん、あなたもお風呂に入っていったらどう？」

食事が終わるころになって、義母はそんなことまで言いだした。

クボタミチコが手をふって辞退した。すると夫も引きとめにかかった。

「どうせあしたは日曜日なんだし、今夜はゆっくり泊まっていったらいいじゃないですか」


翌朝、喜美江が二階から降りると家族が朝食を食べていた。

「おう、おはよう」

鯵《あじ》の開きを突ついていた夫が声をかけてきた。弘樹も義母も茶碗片手にごはんを頬張っている。

「おはよう」

喜美江は戸惑いつつも挨拶《あいさつ》を返した。

いつもの日曜の朝だと、まだ三人とも寝ている時間だった。パートがある喜美江だけが、みんなを起こさないようにそっとお茶漬けでも流し込んで出勤する。それが毎度のパターンだった。

どういう風の吹きまわしだろう。訝《いぶか》っていると、台所から花柄のエプロンをつけたクボタミチコがあらわれた。

「奥さまもごはんかしら。それともパン？」

「いえあたしは」

喜美江は口ごもった。

昨夜、喜美江はだれよりも早く床についた。夕食後、順番に風呂に入ったあとも、しばらくみんなでおしゃべりしていたのだが、途中、パートで疲れていた喜美江が欠伸《あくび》をかみ殺したところ、

「奥さま、そろそろお休みになったらいかがです？」

目ざとく気づいたクボタミチコにすすめられた。すると義母も、

「そうよ喜美江さん、あしたもパートなんだから早く寝たほうがいいわよ」

と促すものだから、申し訳なく思いながらも寝室に上がったのだった。

喜美江は、クボタミチコがつくった味噌汁を啜《すす》っている夫の顔を盗み見た。最近はまず見せたことのない、満足そうな顔をしている。

なんだか急に居たたまれなくなった喜美江は、食欲がないからとうそをついて朝食抜きでパートに出掛けた。

スーパーまでの道を歩きはじめてしばらくして、ろくに化粧もしていなかったことに気づいた。あたしとしたことが、どうかしてる。喜美江は小さくため息をついた。

いつになくミスの多い一日になった。

レジを打ち間違える。釣り銭を間違える。商品のバーコードをセンサーにかざした拍子に手を滑らせて商品を取り落とす。仕事の正確さではパートさんの中でも一、二を争う喜美江にしてはめずらしいことだった。

午後六時過ぎに家に帰り着いた。今日は午後七時まで残業を頼まれたが、三十分ほどで勘弁してもらって家路を急いだ。

ところが、家に帰るとだれもいなかった。ガレージに車がないところからして、みんなで買い物にでも出掛けたのかもしれない。いや、しかし義母の足の具合からすると買い物どころではないはずだ。ひょっとして病院に行ったのだろうか。義母の足にまた異常が起きたのだろうか。

心配しながらも夕食の準備を整えてみんなの帰りを待った。ところが一時間過ぎても帰らない。さらに三十分、一時間と過ぎたが、それでも帰らない。さすがに心配になって夫の携帯に電話してみようかと思ったところにみんなが帰ってきた。すでに午後八時半をまわっている。

「ああ楽しかったねえ」

義母はご機嫌だった。隣町のラジウム温泉会館に行ってきたのだという。

昨夜、喜美江が寝たあとに、あそこのラジウムは肉離れにも効くらしいとクボタミチコが言いだした。それを朝食を食べ終わったあとに夫が思い出して、仕事疲れも癒《いや》せるだろうし、午後からみんなで行ってみようということになった。

「そしたらまあ、ほんとに気持ちよくってねえ。足の具合もぐーんと良くなった気がするよ」

義母は、あとから茶の間に入ってきたクボタミチコに微笑みかけた。義母に何かあってはいけないからと、彼女もラジウム温泉会館に付き合ってくれたのだという。

「それならそうと電話の一本もくれればよかったのに」

喜美江はふくれて夫に文句を言った。

「六時ごろに電話したけど、帰ってなかったじゃないか。しょうがないから宴会場でくつろいでたら、カラオケ大会がはじまっちゃってさ」

「宴会場って、じゃあ夕飯も食べちゃったってこと？」

「弘樹が腹へったって言うからさ」

悪びれた様子もない。喜美江は肩で息をつくと押し黙った。

クボタミチコは早くも花柄のエプロンをつけて、お茶を淹れはじめている。


いつのまにか、クボタミチコが木元家に寝泊りするようになってしまった。義母の世話をするのに便利だからと、義母が寝ている二間続きの座敷のひとつが彼女の寝室になった。

クボタミチコは早起きだった。朝一番に起きると家族の朝食の準備。夫と弘樹と喜美江を送りだしたところで義母の世話を焼きはじめる。お茶を淹れたり、肩を揉んだり、茶飲み話に付き合ったり、和菓子を買いに走ったり、義母の好物のうどんを手打ちしたり。

加えて、台所を片付けたり、家の中に掃除機をかけたり、風呂やトイレの掃除をしたり、家族の汚れ物を洗濯したり、宅配便の荷物を受けとったりと、さまざまな家事を手際よくこなしていく。

夕方になれば夕食の献立を考えて買い物をしてくる。おかずは毎晩三品以上。夫が喜ぶ酒肴《しゅこう》にも気配りして、帰宅時間に合わせて風呂も沸かしておく。

ボランティアとはいえ、ここまでやるかと驚くほどの働きぶりだった。おかげでパートが休みの水曜日、いつもだったら喜美江は家事に追われまくるというのに、このところは何もやることがなくて暇《ひま》をもてあますほど。喜美江としては楽でいいことはいいのだが、ここまでくるとボランティアの域《いき》をはるかに越えている。

さすがに奇妙に思い、ある晩、隣りのベッドに寝ている夫に尋ねてみた。

「彼女って、どういう人なのかしら」

「そんなこと、おれだって知らないよ。けど、あんまり詮索《せんさく》するもんじゃないぞ。彼女だって、あくまでも無償の善意でやってくれてるわけだし」

「無償の善意はいいけど、ちょっと度を越してない？　彼女、家族はいないのかしら。いくらボランティア活動っていったって、こんなに長く家を留守にしていたら、彼女の家族だって困るでしょう」

「それは彼女のプライバシーだ。彼女自身が善《よ》しとして世話をしてくれているんだ。おれたちがとやかく言うことじゃない」

「だけど」

「ひろい世の中には、戦火にまみれた国にわざわざ飛んで、命をかけてまで頑張っているボランティアだっているんだ。おれも今回、つくづく思い知らされたが、おのれを捨てて善意を尽くすことに喜びを感じる人っていうのが、ほんとうにいるものなんだよな。べつに嫌なことをされているわけじゃないんだから、おれたちとしてはその善意を素直にうけとめていればいいんじゃないかな。それが彼女の喜びでもあるんだからさ」

そう言われてしまうと何も言えなくなる。

実際、彼女は木元家の害になるようなことは何もしていない。家族全員がことのほか助けてもらっているわけで、やはり夫の言うように素直に感謝していればいいということなのか。

ただ、それでも気になることがないではない。

たまたま昨日、パートから帰ってきたとき、クボタミチコが義母に通帳とカードを返しているところに出くわした。買い物に出掛けたクボタミチコに銀行からお金をおろしてもらったのだという。

喜美江は驚いて義母に質《ただ》した。

「ひょっとして暗証番号も教えたんですか?」

「そりゃそうよ、教えてあげなきゃおろせないでしょ」

義母は平然と答えた。

「それはまずいと思います」

「あらどうして？　あたしの預金をどうやっておろそうが、喜美江さんにとやかく言われることじゃありません」

ぴしゃりと言われて喜美江は黙り込んだ。

何の疑いも抱かずにいる義母に危《あや》うさを感じた。いくら善意のボランティアとはいえ、相手はたかだか一週間前に出会ったばかりの赤の他人だというのに、通帳とカードを渡して暗証番号まで教えてしまうなんて。

しかし、それ以上は何も言えなかった。せっかく良好な嫁姑関係を損《そこ》ないたくはなかった。


それから十日が過ぎた。

銀行の一件以来、喜美江はパートの仕事に精をだすようになった。

いままでは家族の都合を優先して断ってきた早朝や夜の残業も、二つ返事でひきうけて仕事に励《はげ》んだ。とことん働いてくたくたになって帰宅して、夕飯を食べたら風呂に入ってそのままベッドに倒れ込む。そんな日々が続いた。

なまじ家に長くいて気を揉んでいるよりも、そのほうが気楽でいられたからだ。クボタミチコは相変わらず甲斐甲斐しく義母の世話を焼き、木元家の家事に明け暮れている。そんな家庭から遠ざかるには、仕事に熱中するほかなかった。

しかし十日もしないうちに、そんな自分に嫌気がさした。仕事に逃避していたところでどうなるというのだろう。このへんではっきり決着をつけないことには何の解決にもならないではないか。

その夜、喜美江はひさしぶりに残業せずに帰宅した。そして、クボタミチコが風呂に入ったチャンスを見計らって、茶の間でくつろいでいた夫と義母に切りだした。

「そろそろ大丈夫じゃないかと思うの」

「何が?」

夫にきき返された。

「だから、お義母さんの足もほぼ治ったみたいだし、いつまでもミチコさんにお世話してもらっているのも何だと思って」

実際、義母はもう足をひきずることもなくなったし、毎日元気に家の中を歩きまわっている。

するど、義母が急に足をさすりはじめた。

「あたしはリハビリのつもりで歩いているんだよ。見た目は元気そうに見えるかもしれないけど、まだまだミチコさんに助けてもらわないことには、とてもとても」

「でも逆に考えると、いつまでも助けてもらっていると、いつまでもひとり立ちできないっていうこともあると思うんです。お義母さんには、ずっとお元気でいていただきたいんです。その意味でも、そろそろ思いきって」

そこで義母が話を遮《さえぎ》った。

「そんなにミチコさんが嫌いなのかい？」

いきなりのカウンターパンチだった。

「そういうことじゃなくて」

「だったらそんな意地悪を言わなくてもいいんじゃないかい。いまどき、こんな年寄りの世話を焼いてくれようなんて人は、そうそういるもんじゃないんだよ。なのに、何でそんなにミチコさんを嫌うんだい」

「嫌っているわけじゃないんです。ただ、あたしとしては、いつまでも彼女に甘えてばかりでもと」

「ミチコさんはボランティアなんだよ。人さまのお役に立つことが生きがいだって言ってる人なんだよ。それを喜美江さんったら、せっかくの善意に水をさすようなことばかり言って、あなたって人がそんな薄情な嫁だったなんて」

義母は目を潤《うる》ませた。

そこまでだった。喜美江は言い返すすべもなく黙り込んだ。

夫はいつのまにか夕刊に目を落としていた。もちろん、読んでいるわけがない。とりあえず、この場が過ぎ去ってくれればそれでいい。そんな態度だった。

そのとき、クボタミチコが茶の間に入ってくると、濡れた髪をかきあげながら、

「お風呂、いただきました」

場違いなほど屈託《くったく》のない笑顔で言った。

喜美江はふと思った。立ち聞きされたかもしれない。

翌週、パートから帰ると台所全体に青いビニールシートが掛けられていた。

何事かと思った。冷蔵庫や食器棚、流し台やガスコンロといった什器《じゅうき》はすべて廊下に運びだされ、壁紙や天井の蛍光灯《けいこうとう》も残らず外され、どう見たところで改装工事の現場にしか見えない。

「何なのこれ」

風呂場にいたクボタミチコにきいた。

「あら、お婆ちゃまから、おききになりませんでした？」

今日から台所のリフォームにとりかかったのだという。

「リフォーム？」

きいていなかった。義母も夫も、そんなことは一言も口にしていなかったし、それにだいいち、この家の台所は、まだリフォームなどしなくても十分に使える。

「ですけど、いざ細かくチェックしてみると、このお台所、意外にお年寄りにやさしくないんですよね」

茶の間との境目には段差があって危ないし、ガスコンロは旧式で年寄りには扱いにくいし、古い壁紙と照明のせいで老眼の目には暗すぎる。

そこで、この際、高齢者にやさしいバリアフリーをコンセプトに、台所全体をつくりかえたらどうでしょう、と義母に提案したところ、それはいいわね、という話になった。

「提案って、ミチコさんが？」

「ええ、高齢者仕様に関しては、わたし、けっこう勉強したことがありましてね。これでも詳しいんですのよ」

「でも、こんな大がかりなリフォームをするお金なんて」

それでなくても、この家のローンを抱えて大変なのだ。パートの賃金も加えて、やっとやりくりしている状況なのだ。

「お婆ちゃまも同じことをおっしゃっておられましてね。だからおすすめしたんです。そういうことなら、お爺《じい》ちゃまのご遺産を遣《つか》われたらいかがですかって。いつまでも銀行の定期預金に入れたままにしておかれるよりも、お婆ちゃまにやさしい台所のために遣われたほうが、天国のお爺ちゃまもどれほど喜ばれることでしょうって」

花柄のエプロンで手を拭《ふ》きながら微笑む。

唖然《あぜん》とした。早い話がクボタミチコは、義母をそそのかして定期預金にしてある義父の遺産を解約させて、リフォームを発注させてしまったというわけだ。

すぐさま義母の部屋に向かった。折りしも義父の仏壇に手を合わせていた義母に、なぜ黙っていたんですか、と詰問した。

ところが、義母も喜美江の反応を予想していたのか、

「またたれかさんに文句を言われてもと思いましてね」

平然としている。どうせ家事はミチコさんがやってくれているんだから、いまさら台所に関してとやかく言うこともないでしょうが、と当てつけがましく言う。

かちんときた。義母もそうだが、義母をそそのかしたクボタミチコにも猛烈に腹が立っ

た。

　この家の台所は喜美江の城だ。この建売住宅を買うときも台所だけは喜美江が徹底的にチェックして買ったし、鍋釜の位置だって、あとから同居した義母にすら何ひとつ変えさせていない。なのに、あろうことか喜美江の知らないところで二人が共謀して、まるでべつの台所に変えてしまおうとしているのだ。

「あたしもう耐えられない」

　深夜になって帰宅した夫に訴えた。明日の朝一番であのボランティアを追いだして、台所のリフォームもすぐにキャンセルして、と詰め寄った。

　ところが、喜美江の話をきいた夫はクボタミチコをかばう。

「おまえの気持ちもわからないじゃないが、介護を知り尽くした彼女が母さんのためを思ってやってくれたことじゃないか」

「でも、あの台所はあたしの台所なのよ」

「あたしのも何も、現実に料理しているのはミチコさんじゃないか」

「それはあたしがパートの仕事をやっているから仕方ないわけで」

「仕方ないってことはないだろう。彼女は何の報酬もなしに、ああして毎日頑張ってくれているんだ。そのうえ母さんのことまで考えてくれているんだぞ。それのどこに文句があるっていうんだ」

夫は口を尖《とが》らせた。すかさず喜美江は反論した。

「何の報酬もないって言うけど、いまの彼女の食費や諸経費を払っているのは、あたしたちじゃない。あなたとあたしが一生懸命に働いたお金で彼女は暮らしているんじゃない。いまじゃ、ときどきお義母さんがお小遣いあげたり洋服買ってあげたり、そこまでしてやっているのよ。どこが無償の善意だっていうのよ」

とたんに夫が目をむいた。

「おまえってやつは、そんなケチ臭い女だったのか」

「ケチ臭いも何も、それがふつうの感覚じゃない。どうしてあの女をかばうのよ。ボランティアっていうだけでそんなにえらいわけ？」

「立派なものじゃないか。あそこまでのことは、なかなかできるもんじゃない」

「何が立派よ、家事をやって義母の世話をしてる主婦ぐらいごまんといるわよ。そのうえあたしなんかパートで働いてるんだから、大立派じゃない」

「どうしておまえはそうなんだ」

夫が声を荒らげた。

「あなたこそどうしてそうなのよ」

負けずに言い返してから、ふと思いついて皮肉な目で夫を睨《にら》みつけた。

「ああそうか、そういうことなんだ、どうりで風呂上りの彼女を見る目が違うと思ったら、そういうことだったんだ」

「馬鹿言ってんじゃない！」

夫婦の会話は決裂した。

こんなつもりじゃなかった。こんなつもりじゃなかったのに、売り言葉に買い言葉で、こんなことになってしまった。

なぜこうなるのだろう。なぜあの女の話になるとわたしだけが悪者になってしまうのだろう。それが悔《くや》しくてならなくて、その夜、喜美江はベッドの中で声を押し殺して泣いた。

それから一週間。

突貫工事でリフォームされた台所は、どう贔屓目《ひいきめ》に見たところで、義母のためというよりもクボタミチコの趣味としか思えない花柄にまみれた台所になっていた。

「正社員になる気はないかな」

帰りがけに課長に呼びとめられた。

「正社員、ですか」

喜美江は課長を見た。

今夜も営業終了時刻までレジを打っていた。その後も頼まれるままに売上集計のアシストをつとめ、夜もすっかり更けたいましがた、ようやく仕事を終えたところだった。

「最近の木元さんの仕事ぶりからして、そろそろそういう時期じゃないかと思ってね。あらためて本部の人間と面接したり審査があったりして面倒なこともないではないが、それでも、木元さんのスキルをより生かすためには正社員になってもらったほうがいいと思うんだ」

「正社員、ですか」

喜美江より三つ年上の課長は諭《さと》すようにいった。

喜美江はさっきと同じセリフを繰り返した。

思いがけない話だった。

しかし考えてみれば、このところの喜美江の仕事ぶりからすれば、課長がそうすすめたくなる気持ちもわからないではない。

朝は始業時刻の一時間前には出社。営業時間中はレジ打ちのほかにパート班長として見習いさんを教育したり家庭と仕事の両立に悩むパートさんの相談にのったりして、忙しく飛びまわっている。そのうえ営業終了後も率先して残業に励み、課長の手足として夜遅くまで働くのが日課となっている。

おかげでいまでは単なるパートという範疇《はんちゅう》を超えて課長の信頼も厚く、ときには主婦の視点から販売戦略に関して意見を求められることすらある。

だが喜美江としては正直、正社員になることなどこれっぽっちも考えたことがなかった。ここにきてますます仕事に打ち込んでいることは事実だが、それはあくまでも逃避行動のひとつでしかない。

いまや木元家の主導権は、クボタミチコに奪われたも同然になっている。義母も夫も彼女の味方になってしまったばかりか、弘樹までがクボタミチコになついてしまった。

それはそうだろう。腹が減ったと言えばすぐ何かつくってくれるし、服を脱ぎ散らかしても片付けてくれるし、勉強しろと尻を叩かれることもない。テレビゲームを何時間やっても文句を言われないし、漫画を買いたいと言えば小遣いまで握らせてくれる。口うるさい喜美江とは大違いの物わかりのよさに、すっかりのせられてしまっている。

もはや弘樹も夫も義母も喜美江を必要としていない。そう思うほどに家に居づらい喜美江としては、仕事に没頭せざるを得ない状況なのだった。

「まあ、いますぐ返事をしろというわけじゃないが、考えておいてくれるかな。正社員になれば給料や福利厚生の面でもメリットがあることだしね」

考え込んでいる喜美江に、課長は最後にそう言って笑いかけてきた。


正社員か。

その夜の帰り道、喜美江はずっと課長の話を反芻《はんすう》していた。

課長から言われたときは、正社員なんかになったところでたいした意味はないと思った。稼いだお金はどうせ喜美江の居場所のない木元家に入るだけだし、これでは喜美江が木元家のためにボランティアとして働いているみたいなものじゃないかと。

しかし逆に考えてみると、正社員になれば自分ひとりの力で生きていくことができる。これでも若いころはOLをやっていた。短大を卒業して小さな商社の営業部に勤めていたあのころは、自分ひとりの力で生きていた。正社員になれば、あのころの自分に戻ることができる。

離婚、という言葉が浮かんだ。が、すぐにそれを打ち消した。いまの状況なら離婚することも簡単だ。でも、それじゃあまりにも悔しすぎる。あまりにも自分が可哀相《かわいそう》すぎる。

一昨日の出勤途中、近所のおばさんに声を掛けられた。

「お宅のお婆ちゃん、お幸せよねえ。とっても素敵なボランティアさんにお世話してもらってるって町内でも評判なのよ」

いつも明るく挨拶してくれるし、お裾《すそ》分けしてくれたキンピラもおいしかったし、あんなによくできたボランティアさん、まずいないわよ、と感心していた。

つまりは、知らないうちに外堀も埋められていたということだった。しかも外堀はご近所さんだけではない。いまやクボタミチコは夫の会社の上司や同僚から弘樹の中学校の担任や同級生の母親まで、木元家のあらゆる人脈を抜け目なく押さえてしまっている。先日など、ひさしぶりに電話してきた夫方の親戚とも親しげに話しているのを見てびっくりしたものだった。

やっぱり悔しすぎる。

正社員も離婚も最後の手段として残しておいて、その前に彼女と真正面から対決しないことにはどうにも腹の虫がおさまらない。いつまでもやられっぱなしでどうする。ここでがつんとやり返さないでどうする。

急に対決モードになって、つぎの休みの日には絶対やってやる、と鼻息を荒くしているうちに家に着いた。家には外壁全体を覆うように足場がかけられていた。

「風水の本によると、外壁の色を明るく塗り替えたほうが、お婆ちゃまが幸せになれるんですって」

そんなクボタミチコの言葉にまた義母がのせられて、第二期改装工事がはじまっているのだった。


その夜、真夜中にふと目覚めた。

妙な胸騒ぎがして隣りのベッドを見ると、夫がいなかった。喜美江より遅い時間に酔って帰宅するなり、どかどか音を立てて二階の寝室に上がってきて隣りのベッドにもぐり込んだところまでは覚えているのだが、トイレにでも立ったのだろうか。

もう一度寝ようと瞼《まぶた》を閉じたが寝つけなかった。家族のこと、クボタミチコのこと、対決のこと、正社員のこと、さまざまな思いが交錯して眠気がよみがえってこない。何度か寝返りを打ったものの、逆に目が冴《さ》えてくる。

仕方なく起き上がった。温めた牛乳でも飲めば寝つきも違うかもしれない。そう思って寝室を出て階段を下りはじめたところで、寝室の目の前にあるトイレが暗かったことに気づいた。夫がトイレに入っていれば明かりが漏れているはずだ。

不思議に思いながら一階に下りると、廊下の奥から夫が歩いてきた。

「どうしたの?」

声をかけると、夫は一瞬、驚いた表情を見せ、

「トイレだ」

早口に言うと階段を上がって寝室に入っていった。

喜美江はその場に立ちすくんだ。たしかに一階にもトイレはある。しかし一階のトイレは台所の先にある。廊下の奥にあるのは二間続きの座敷で、ひと部屋には義母、もうひと部屋にはクボタミチコが寝ている。

いくら酔っていたとしても、いまさら夫がトイレの場所を間違えるはずがない。となれば考えられることはひとつ。

やはりそういうことになっていたわけだ。喜美江は確信した。風呂上りのクボタミチコを見る目が違うことには気づいていたが、すでにそれ以上のことになっていたわけだ。

「家事をやって義母の世話をしてる主婦ぐらいごまんといるわよ」

先日、夫と言い合いになったときに喜美江はそう吐き捨てた。だが、いまやクボタミチコは家事と義母の世話に加えて夫と夜をともにするまでになってしまっている。

完璧じゃないか、と思った。クボタミチコはもはや完璧に、この家の主婦そのものになってしまった。その一方で喜美江は、ただ家にお金を入れるだけのボランティア同然になってしまっている。

腰から砕けるようにその場にしゃがみ込んだ。

確信犯だ。クボタミチコは最初からこの家を家族ごと乗っとろうとたくらんでいたのだ。

やはり直接対決しかない。あらためて自分に言いきかせた。ここできっちり決着をつけておかないことには、すべてが彼女の思惑《おもわく》のままになってしまう。

喜美江はまんじりともせずに夜明けを待った。

午前五時半、花柄エプロン姿のクボタミチコが茶の間にあらわれた。ほつれ髪を片手で撫《な》でつけながらそのまま窓辺に向かうと、勢いをつけてカーテンを開け放つ。

薄闇の茶の間に朝の陽光が一気に射し込んだ。その光の中に喜美江は座っていた。座卓に向かってきちんと正座したまま、手招きでクボタミチコを呼び寄せる。

クボタミチコは特段に驚いた表情も見せずに喜美江の正面に座った。

喜美江はしばらく間合いを計《はか》ってから、極力抑えた声で告げた。

「ゆうべは夫の世話までしていただいたみたいね」

精一杯の皮肉を込めたつもりだったが、クボタミチコはきょとんとしている。

「とぼけないでちょうだい。あなたの部屋から出てきた主人と出くわしたんですからね」

するとクボタミチコは、ああ、と合点《がてん》がいったようすで、

「このところは奥さまがお忙しくて、なかなかお相手してくださらないってご主人が困ってらっしゃったものですから」

悪びれることなく微笑んでみせる。どういう神経をしているのだろう。喜美江はこみ上げる感情をやっと押し殺してたたみかけた。

「あなたって人は、困ってらっしゃったら何でもするわけ？」

「そうですね、困ってらっしゃる方にはできるかぎりのお手伝いをする。それがわたしたちボランティアの喜びでもあるのですね。ですから、どうかお気遣いは」

「あのね、わたしはそういうことを言ってるんじゃないの」

「どういうことでしょう」

またきょとんとしている。とぼけているわけでも開き直っているわけでもない、ほんとうにどういうことかわからないという顔をしている。

「だからあなたはそういうことでいいと思ってるの？　って言ってるわけ」

「それはもちろん善意に百点満点はありませんから、これでいいと思ったことはありませんし、これでいいと思ってはいけないと常に自分を戒《いまし》めています」

「そういうことじゃなくて」

じれったさに身もだえしそうになった。彼女としてはあくまでも、すべては善意ゆえの行動だと言い張るつもりらしい。

「善意だからって何でも許されると思ったら大間違いなの」

「もし善意が善意として伝わらなかったのであれば、そこがわたしの至らなさだと思います。どこまで善意を深めていけるか、それがわたしの日々の課題です」

「もう、善意善意って、あなたの言う善意って何なのよ」

「善意は、ひたすら善意です。それ以外の何ものでもありません」

喜美江は嘆息した。

どこからどう攻めても禅問答のような言葉しか返ってこない。彼女はほんとうに善意と信じてそう語っているのか、それとも、ただおちょくっているだけなのか、わけがわからなくなってくる。

「善意の話はもうやめて。とにかくあたしは、あなたに出ていってほしいの」

直截に伝えた。

「ですけど、もしいまわたしが出ていってしまったら、家族のみなさんが困られるでしょう。そんな無責任なことはできません」

「無責任も何も、あなたはもともとこの家に居なくていい人なの」

「でもご主人もお婆ちゃまも弘樹さんも、居ないと困るとおっしゃってくださっています。そう言って喜んでくださる方がいるかぎり、わたしは出ていくわけにはいかないのです。それがボランティアの責務であり、生きがいでもあるのですから、その点は、ぜひわかっていただかないと」

クボタミチコは超然と微笑んだ。

喜美江は言葉を失った。ほんとうは喜美江の言い分が正しいはずなのだ。にもかかわらず、こうして話せば話すほど、喜美江自身ですら喜美江のほうが意地悪しているように思えてくるのはなぜだろう。

ひょっとしたら、いいようにまるめこまれているのかもしれないし、まんまとのせられているだけなのかもしれない。でも、それでも、これ以上何を言ったところで堂々めぐりの暖簾《のれん》に腕押し。とても太刀打《たちう》ちできない気がした。

やはりクボタミチコは確信犯なのだ。それも喜美江が考えていたような単純な確信犯ではない。自分がやっていることに対して圧倒的な確信をもって、いまここに存在している。

かなわないと思った。

このひとにはとてもかなわないとしかいいようがなかった。

喜美江はひとつ吐息《といき》をついた。それから、あらためてクボタミチコに向き直った。

「それであなたは、これからどうするつもりなの？」

今後の彼女の思惑を質したつもりだった。しかしクボタミチコはにっこり笑って答えた。

「ごはんを炊いて朝食をつくります。そろそろみなさん、起きてらっしゃるころですし、奥さまもお腹がお空《す》きになられたでしょう？」


一週間後、二間続きの座敷の改装工事がはじまった。

いまのままでは義母の足腰が立たなくなったときに不自由だからと、台所と同じように高齢者仕様の部屋に生まれ変わらせることになった。そして、ついでに、続きの間になっているクボタミチコが寝泊りしている部屋も、独立した洋間につくり変える予定になっている。

木元家は着々とクボタミチコの家になっていく。しかし、もはや喜美江はそんなことはどうでもよかった。この家のことも、この家族のことも、クボタミチコのことも、もうほんとうにどうでもよかった。

「ご出発は何時ですの？」

クボタミチコに尋ねられた。

「そうね、お昼ごはんを食べてひと休みしたら出ようかしら」

喜美江は答えた。

そう、今日喜美江はこの家を出る。

といっても、離婚するわけでもスーパーの正社員になるわけでもない。いまの喜美江にとって、そんなことはどうでもいいことだ。

ボランティアになろうと思っている。自分の居場所がなくなってしまったいま、新しい居場所はそこしかないと確信したからだ。

この国のどこかに困ってらっしゃる家族がきっといらっしゃる。そんな家族のもとに舞い降りて、その家族のために一生、心からの善意を捧げていこうと思っている。

われながら素晴らしい決断をしたと思う。このことを思いついた瞬間、胸の奥底の重石《おもし》がふっと消え去ったものだった。

「喜美江さんならきっとできるわよ」

クボタミチコもそう言って励ましてくれた。旅立ちのお祝いにと花柄のエプロンまでプレゼントしてくれた。

こういう先輩がいてくれてよかったと思う。ボランティアには初挑戦の喜美江だが、クボタミチコをお手本にやっていけばまず大丈夫だと思った。

そういえば今日の朝も、旅立つ喜美江へのはなむけに、こんな貴重なアドバイスをしてくれた。

「昨日、隣町で、お年寄りが足を挫《くじ》かれたらしいですよ」

ブラッシング・エクスプレス

その朝、だしぬけに訪ねてきたおじさんは白衣を着ていた。ドアチャイムを鳴らすなりどかどかドアを叩くものだから、てっきり速達で採用通知が届いたのかと思い、寝ぼけ眼《まなこ》でドアを開けてしまった。

近所のひとが救急車でも呼んだのだろうか。白衣姿だったことにがっかりして、

「うちじゃないですけど」

ドアを閉めかけると、白衣のおじさんがドアの隙間《すきま》にひょいと靴を突き入れてきた。刑事ドラマの家宅捜索のときに警察官がよくやる要領で、靴に阻《はば》まれてドアが閉められない。

白衣姿なのは鑑識の人間だからなのだろうか。でもどっちにしてもひと間違いだ。

「うちじゃないですよ」

もう一度、繰り返すと、白衣のおじさんが言った。

「歯を磨《みが》かせてもらえませんか」

「は？」

おじさんの顔を見た。短髪の下ぶくれ顔で、どことなく駅前商店街の乾物屋《かんぶつや》のおやじに似ていた。気弱な目をしているくせに強引なところも、あのおやじそっくりだ。

観察しているうちにも、おじさんはドアの隙間から無理やり体を押し入れてくると、

「あなたの歯を、ぜひ、磨かせていただきたいのです」

「うちじゃないっすから」

おれはドアを引っ張った。だが、おじさんの力は思いのほか強かった。何度か押し引きしたあげくに、ついに力負けしてドアの隙間から侵入されてしまった。

すかさずおじさんは玄関のたたきで土下座した。

「本日は無料でけっこうです！　五分ですませますから、ぜひとも磨かせてください！」

やっかいなことになってしまった。今日も一日、職探しに奔走《ほんそう》しなければならないというのに、とんでもないやつが飛び込んできたものだ。

「けっして怪《あや》しいものではありません」

「朝から歯を磨かせてくれっていう男のどこが怪しくないんですか」

「お気持ちはわかりますが、そこを何とか」

おれの足にすがりついてくる。

「わかりました、わかりましたから」

さすがに怖くなってうなずくと、その瞬間、おじさんは飛び跳ねるように後ずさり、

「ありがとうございます、ほんとうに、ありがとうございます」

泣き崩《くず》れるようにひれ伏した。

会社を辞めて何か月になるだろう。社員数三百人ほどの広告代理店に勤めていたのだが、オーナー社長の独断に義憤《ぎふん》を覚え、食ってかかったことから社内的に干され、最後は社長にケツをまくるかたちで会社を飛びだした。

よくある話だ。よくある話だが、しかし飛びだしてからが大変だった。失業保険で食いつなぎながら星の数ほど面接を受けたものの、いまどき中小企業を喧嘩《けんか》退社した三十路《みそじ》半《なか》ばの独身男を雇ってくれる会社などそうそうない。

一週間後までに連絡がない場合はだめだったと思ってください。面接のたびにそんな常套句《じょうとうく》を告げられ、告げられたが最後、採用通知が届くことはまずなかった。

先週の面接でも同様のセリフを告げられた。そして、一週間と一日後の今朝まで待っても何の音沙汰《おとさた》もなかったから、また新たな面接にチャレンジしなければならない。とてもじゃないが、わけのわからないおじさんに歯磨きなんかしてもらっている場合ではないのだ。

しかし承知してしまったものは仕方がない。ほんとに五分で終わらせてよ、と念押しして風呂場の洗面台に連れていくと、おれの歯ブラシを見るなり、おじさんがいやいやをするように首をふった。

「いけませんねえ、この歯ブラシは」

毛先が曲がってすり切れているうえ、ブラシのヘッドが大きすぎる。そうダメ出しすると、玄関にとって返して黒い革鞄《かわかばん》をもってきた。

「これ、初回サービスにしておきますから」

おじさんは黒鞄から新品の歯ブラシをとりだすと、これまた黒鞄からチューブの歯磨き剤をとりだして、にゅるりと塗りつけた。それから、おれの顎《あご》をひょいとつかむと歯ブラシを逆手《さかて》に握り、

「しかしまあ、近ごろは物騒《ぶっそう》な世の中になりましたよねえ」

とってつけたように世間話をはじめると、奥歯のほうからしゃこしゃこしゃこしゃこと磨きはじめた。

やけに手慣れたブラシ遣《づか》いだった。ただ単純に歯の表面を磨くだけではなく、歯ブラシを細かく振動させて毛先を歯間にしっかり差し入れて、隅々《すみずみ》まで丁寧に磨き上げていく。毛先を押しつける力が強すぎず、弱すぎず、絶妙な力加減なのがいい。歯茎もほどよくマ

ッサージされて、思わず目を細めてしまうほど心地いい。

「そういえばきのう、埼玉のほうで主婦殺しがあったみたいですよ」

朝刊に載っていたニュースを紹介しながら、さらに歯磨きは進む。

上顎の右奥歯、前歯、左奥歯、下顎の左奥歯、前歯、右奥歯と、手際《てぎわ》よく、しかし各部分に同じだけの手間をかけながら軽快に歯ブラシを躍らせていく。

朝刊の主要なニュースを語り終えるころには、歯ブラシは口内全体をくまなく磨き終えていた。やれやれ終了かと口をゆすごうとすると、

「もう少しです」

おじさんは釣り糸みたいなものをとりだした。

「デンタルフロスです」

両手の指に器用に糸を巻きつけると、歯と歯の合間にきしりきしりと押し入れて、歯間に残っている汚れを掻《か》きだしていく。

これまた見事な手際だった。上下三十か所ほどの歯間が、小気味よいリズムにのせて掃除されていく。

「歯石がたまっていますねえ」

放っておくと歯周病が進んで、将来、歯抜けじじいになってしまう。この際、歯石除去

もやりましょうか、と勧《すす》められたがそれは断った。

「では口をゆすいでください。水を押しだすように歯間に通してやると、きれいにゆすげますからね」

言われたとおり念入りにゆすいでから、ふと腕時計を見ると、歯磨きはほんとうに五分で終了していた。

終わってみれば、思いがけなく爽快だった。舌先で口の中を撫《な》でてみると、どの歯もつるつるになっている。

「よろしければ、明日もうかがいますが」

「いやそれは」

「明日も料金はいただきません。最初の一週間は、どなた様も無料サービスとなっておりますので、どうかご遠慮なく」

結局、一週間続けて歯磨きをしてもらった。最初の印象とは裏腹に、いざその心地よさを体験してしまうと、こんなにいいものはなかったからだ。

しかもおじさんは、毎朝同じ時刻にやってくるから目覚ましがわりにもなる。朝刊の主要記事を語ってくれるから新聞を読まなくてすむし、これで歯までつるつるになるのなら一石三鳥だと、つい、ずるずると世話になってしまった。

おじさんは毎朝自転車に乗ってやってきた。

ママチャリの前カゴに黒鞄を突っ込み、白衣の裾《すそ》を風になびかせ、ふらりふらり左右に揺れながら走ってくる。あまり乗り慣れていないのだろう。背中を丸めてガニ股でペダルを漕《こ》ぐ姿は、サーカスの熊の自転車曲芸にも見える。

これで毎朝何軒まわっているのか知らないが、ちゃんと商売になっているのだろうか。一週間も無料サービスしてもらっているとそれなりに情も移ってくることから、いささか心配になってくる。

「ちなみに、今後も磨いてもらうとなると、料金はどうなるんですか？」

一週間目の朝、尋ねてみた。

きちんと歯を磨いてもらうと気分よく一日をスタートできるせいか、気持ちが上向いてきた。相変わらず面接はうまくいっていないが、歯磨きのおかげでこのところ沈みがちだった心のケアにもなっている気がしたからだ。

「料金は一回三百円、月極でしたら八千円にサービスします」

おじさんは答えた。

「それで商売になるんですか？」

「加えて月に一回、歯ブラシを買っていただきます。歯ブラシの寿命は短いですからね。ほかに二か月に一回、歯磨き剤とデンタルフロスの購入もお願いします」

それでも月当たり九千円前後。毎朝家まで出張してきてくれることを考えれば、やはり、かなりお得なサービスだ。

「そう思うでしょう？　いまどき一回歯医者にかかれば、保険を使っても何千円。うっかりすれば何万何十万でしょう？　それが月々九千円程度で、すっきり爽快に歯磨きしてもらえるうえ、歯医者いらずの健康な歯になれる。こんな素晴らしい宅配サービスはないと思うんですよ」

歯磨きさえきちんとできていれば、まず歯医者にかかる必要などない。虫歯にしても歯周病にしても、確実な予防法は徹底した歯磨き以外にないからだ。

したがって、良心的な歯科医ほど熱心に歯磨き指導をしてくれるわけだが、いくら指導されても、きちんとした歯磨きはそうそう簡単にできるものではない。自分で自分の歯を磨く作業は、それほどむずかしい。

「早い話が髪と同じことですね。髪も自分で切れないことはない。でも、ちゃんと切ろうと思ったら理容師や美容師の手を借りないとうまくいきませんよね。だから歯磨きにも、わたしのようなプロが必要なはずなんですが、ただねえ」

おじさんは、ため息をついた。理屈からいけば、これほど世の中に必要とされている仕事はない。なのに、いざ商売としてはじめてみると、なかなかお客がつかない。いつまでたっても収入の見通しが立たない。

「お客さんの前でなんですけど、こうなると根比べのようなものでしてね。正直なところ、いつまで頑張り続けられるものか不安も募《つの》って」

はにかむように笑う。

「やり方しだいだと思いますけどね」

おれは言った。この一週間の体験からすると、客としての満足度は高いし、意外な盲点を突いた商売だとも思う。もっと上手にアピールすれば、これはこれで固定客がつく気がする。

「ですけどねえ」

おじさんは腕を組んで俯《うつむ》いてから、ふと顔を上げた。

「失礼ながら、お客さんは何のお仕事を？」

「求職中です」

正直に告げると、おじさんが身をのりだした。

「でしたら手伝っていただけませんか。じつは、わたしにはパートナーが必要だと思っていたところなんですよ」

おれは目を伏せた。せっかく立ち上げた商売がうまくいっていない点は同情するが、手助けまではしたくない。

断る口実を探していると、またもやおじさんは土下座をはじめた。

「お願いします。とりあえず報酬は保証できませんが、これほど将来性のある事業はないと思うんですよ。何なら、手伝っていただいている間も一か月、いや三か月、わたしが無料で歯磨きしてさしあげますから」

その日の夕方、おじさんの家を訪ねた。昼間は面接があるから終わったらいくと約束してあった。

そう、結局、土下座に負けてしまった。面倒臭くなったらすっぽかすつもりだったが、これでも根は真面目なほうだ。面接の帰りに隣町まで足を延ばして、走り書きの地図を頼りにおじさんの家を探した。

辿《たど》り着いた先は、歯科医院だった。けっこう新しい自宅兼用の二階家。入口には『尾地《おじ》デンタルクリニック』と記され、玄関のガラスドアには本日終了の札がかかっている。

ほんとにここなんだろうか。

もう一度、地図を見直した。やはり間違いない。ためらいつつも急患用と書かれたインターホンを押してみた。しばらくすると、玄関脇の勝手口が開いて歯磨きのおじさんがあらわれた。

「お待ちしていました」

いつもの白衣は着ていない。

「本物の歯医者さんだったんですか」

「はい」

おじさんは恥ずかしそうに笑った。おじさんは尾地デンタルクリニック院長の尾地さんだった。

そのまま診療室の裏手にある自宅のほうに通された。広いリビングに置かれたソファを勧められて腰を下ろすと、尾地さんみずからお茶を淹《い》れてくれた。家族はいないようだ。家財道具もやけに少ないし、ここで一人暮らしをしているのだろうか。

きょろきょろ見回していると尾地さんが言った。

「倒産しちゃったんですよ」

え、と尾地さんを見た。

「三日後には、ここを明け渡すことになっていましてね。女房子どもにも逃げられちゃいましたし、まあ何というか、裸一貫というやつですよ」

「またどうして」

不躾《ぶしつけ》な質問だった。しかし尾地さんは包み隠さず答えてくれた。

「結局、歯医者が多すぎるんですよ。ご存じですか、いまや日本の歯科医院の数は、コンビニの二・二倍もあるんですから」

「そんなに」

七〇年代、当時の歯科医師不足を解消しようと、政府は七校しかなかった歯科大歯学部を二十九校、四倍強もの数に増強した。当然ながら学生数も四倍強に増えたから、それが裏目にでてしまった。現在、歯科医師数はおよそ十万人と、人口千二百人当たり一人という供給過剰になっている。

にもかかわらず是正措置《ぜせいそち》がとられていないために、歯科医師は相変わらず毎年二千五百人ずつ増え続けているからたまらない。国公立や私立の病院では歯科医師が飽和状態に陥《おちい》ってしまい、仕方なく独立する歯科医師が増えたことから歯科医院の開業ラッシュが続いた。しかし、それに見合うだけの患者がいるわけもなく、超過当競争がはじまった。

「こうなると新規開業組はどこも大苦戦です。経営難を苦に自殺する歯医者までいる始末なんですからひどい話です」

尾地さんも、その新規開業組だった。長らく大学病院に勤務していたが、若手の台頭によって医局内に居場所を失ってしまったものだから、思いきって銀行の融資を受けて一年半前に独立した。

「ただ、これだけ歯医者が多くては、ふつうにやっていたのでは競争に勝てませんからね。いろいろ考えた末に、開業当初から夜間診療制にしたんです」

診療時間は夕方六時から深夜二時まで。夜間の診療は思った以上にしんどかったが、それでも、経営を軌道に乗せるためには仕方がないと割り切った。

これが大当たりした。開業と同時に、仕事帰りのサラリーマンやＯＬがつぎつぎに来院して、予約のキャンセル待ちがでるほどの大盛況。

ところが、思わぬ伏兵がいた。前例のない新戦略が近隣歯科医院の猛反発を呼んだのだ。掟《おきて》破りの抜け駆け診療だとばかりに、地元歯科医師組合を通じて警告状まで舞い込む騒ぎになった。

無視して診療を続けた。夜間診療が規制される根拠は何もないからだ。すると、こんどは嫌がらせがはじまった。おそらくは歯科医師組合の政治力を使ったのだろう。医薬品会社が急に納品を渋《しぶ》りだしたり、税務署の査察が突然入ったり、近隣住民に怪文書がばら撒《ま》かれたり。おかしなことが頻発《ひんぱつ》したあげくに、結局は泣く泣く通常の診療時間に変更せざるをえなかった。

とたんに患者がこなくなった。それでも半年間、孤軍奮闘したが、やがて医薬品会社への支払いや融資資金の返済が滞《とどこお》るようになり、あとはもう倒産まで一直線だった。

「夜間診療、患者さんには大好評だったんですけどねえ。結局、あと三日経《た》ったらホームレスですよ」

尾地さんは乾いた声で笑った。

正直、ほだされた。横並びに同調しなかったばかりに潰《つぶ》される理不尽は、おれも広告代理店時代に嫌というほど味わった。出る杭《くい》をとことん叩き潰しにかかる連中に、反吐《へど》がでるほどの陰湿さで痛めつけられたものだった。

手伝ってやろう。

急にその気になった。どうせ、いまだにどこからも声がかからない失業者だ。失うものは何もないし、だめならだめでまた面接に出かければいい。

ビジネスの観点から見ても、この商売には可能性が感じられる。会社組織を相手に不毛な面接を繰り返しているよりも、この独立商売に賭《か》けてみるほうが前向きにやっていける気がした。

「ちなみに、歯磨きするのに歯科医師の資格はいらないですよね」

念のため確認した。

「歯磨きは治療行為ではありませんから、無資格で大丈夫です」

実際、歯科医師が病院で患者の歯を磨いてやったとしても保険適用の対象にはならない。洗顔洗髪に資格がいらないのと同じことだ。

「これ、いけると思います。きちんと戦略を立ててやれば、きっといけると思います」

「ほんとですか」

尾地さんの目が輝いた。

「間違いなくビッグビジネスになる。そんな予感がするんです」

おれは尾地さんの目を見据えて断言した。


三日後、おれのアパートに尾地さんが転がり込んできた。

六畳一間に風呂とキッチンのワンルーム。とても大の男が二人暮らしできる環境ではないが、すでに尾地さんの自宅はクリニックごと差し押さえられてしまった。当面は窮屈な男所帯で辛抱《しんぼう》するほかない。

「これ、ロゴマークです」

尾地さんに差しだした。

広告代理店時代に付き合いがあったフリーのデザイナーに泣きついて、わずか一日で『ブラッシング・エクスプレス』のロゴマークと宣伝チラシをデザインしてもらった。印刷すると高くつくのでそれを二百枚ほどコピーした。

ネーミングは『歯磨き屋』という候補も考えたが、最終的には『ブラッシング・エクスプレス』という横文字にした。海外進出するときに通用しやすいからだ。

「海外進出ですか」

尾地さんが驚いている。

「どうせやるなら、海外も視野に入れるぐらい本気でやらないとだめだと思うんですよ」

といっても、むろん最初は日本国内からだ。

とりあえず三年間で関東地方を制覇《せいは》する。五年で東日本。七年で西日本も含めた日本全国。そして八年目には最初の海外拠点を設置しようと思っている。

けっして大風呂敷を広げているわけではない。自分なりに戦略を練れば練るほど、ビッグビジネスになる確信がわいてくるのだ。

壮大な事業展開に先駆けて設備投資もした。ブラッシング・デリバリー用の自転車を二台購入した。自転車二台といえども、なけなしの失業保険を注ぎ込んだのだから、かなりの大投資だ。

それだけに、自転車の選定には慎重を期した。こうした事業にはイメージ戦略が欠かせない。そこで健康な歯にふさわしい白いボディカラーのスポーツタイプを選び、荷台には白いツールボックスとアウトドア用のチェアと口すすぎ用の水を入れる水タンクを装備。車体の両サイドには『ブラッシング・エクスプレス』のロゴマークを貼りつけた。

ついでに白衣も二着揃《そろ》えた。白衣も大切な演出ツールだ。尾地さんが着ていた田舎《いなか》の町医者のようなだらりと長い白衣はやめてもらい、スタンドカラーの上下セパレートタイプにした。胸元にはロゴマークの刺繍《ししゅう》。手術用の白い帽子を被《かぶ》ることも考えたが、試しに被ってみたところ給食当番みたいになってしまったので、それはやめた。

最低限の設備投資を終えたところで、金のかからない顧客獲得戦略も考えた。

まずは、周辺の各町内の町会長に無料歯磨きサービスでアタックする、『町会老人一網《いちもう》打尽《だじん》作戦』だ。

町会長の大半は老人だから、歯の具合はよくないし歯磨きも億劫《おっくう》になっている。無料サービスで喜ばせたところで、すかさず、こうもちかける。

「町会長が推薦される高齢者には、月極歯磨き契約を二割引きで提供いたします。もちろん、町会長への無料サービスは継続したうえで、です」

町会長はさっそく、わたしに頼めば安く歯磨きしてもらえますぞ、と町内中に触れ回ってくれることだろう。町会長になるような人間は、配下の者たちに恩を売ることが生きがいだ。したがって、町内の老人たちを芋《いも》づる式に顧客にできる。

「しかし老人が少ない町もあるでしょう」

尾地さんが心配する。

「そういうときは幼児を狙うんです」

どこの町にも幼児連れの若奥さんが集まる児童公園があって、自然発生的に立ち話グループができている。そこで『立ち話奥さん一網打尽作戦』。

立ち話グループのリーダー的存在の奥さんに、

「幼児期の歯磨きがしっかりできているかどうかで、生涯の歯の健康が決まってしまいます」

と幼児対象の歯磨き無料サービスを提供する。

一度提供してしまえば、その後はリーダー奥さんのクチコミにまかせればいい。立ち話奥さんは周囲の群れに従う習性があるから、あとは町会老人と同じように芋づる式に引っかかってくる。

しかもこの作戦でおいしいのは、幼児と奥さんを一緒に取り込めることだ。幼児を抱えた奥さんは出産の影響で歯を傷《いた》めているケースが多い。母子セット割引もありますよ、と持ちかければ顧客が倍になる計算だ。

「うまいこと考えましたねえ」

尾地さんが感心している。

「感心するのはまだ早いです」

老人と幼児と母親、この三世代で朝と午前中の営業タイムは埋められる。しかし、どうせなら午後と夕方の時間帯も掘り起こさなければもったいない。というわけで『ランチタイムＯＬ一網打尽作戦』。

「一網打尽ばかりですね」

「まあきいてください」

ランチのあとに歯を磨くＯＬは多い。美容に敏感な年ごろだけに、いい男をつかまえるためにも、アフターファイブのデートを成功させるためにも、きれいな歯を維持したいと彼女たちは願っている。

そこで昼時に大会社の洗面室に出張してＯＬ客を獲得する作戦を考えた。お小遣いが少ないお父さんたちと違って、彼女たちはエステやダイエットに出費を惜しまないから、プロのデンタルケアをセールスポイントにすれば一回五百円の料金設定でも繁盛《はんじょう》するだろうと見込んだ。

年間磨き放題コース二十五万円、キャンペーン期間中は二十万円きっかりで分割払いもOK、といった仕掛けも付加《ふか》すれば、まず食いついてくる。

勢いにのって夕方からは『夜のおねえさん一網打尽作戦』だ。

水商売に出勤するおねえさんたちは、毎日ヘアサロンにセットしに出かける。そこを狙ってヘアサロンにセット販売をもちかけ、店の一角で営業させてもらう。

「髪とメイクと歯の三点セットを磨いてこそ、売上ナンバーワンへの道が拓《ひら》けるのです」

そんな営業トークで迫れば一回千円の高額設定も可能になる。スペシャルゴージャスコース年間百万円、といった高額契約も取れるかもしれない。

「これで朝から晩までのシフトが組めますから、すぐに二人では手が足りなくなると思います」

すなわち仕事が順調に回りはじめたら、すぐに歯磨きスタッフを増員する。

「同時に、歯科治療機器を装備したワゴン車も買い揃えて、オプション営業もスタートさせます」

ワゴン車には歯科医師免許をもつ尾地さんが乗り込み、歯磨き中に異常が見つかった顧客のもとに駆けつける。いわばデリバリー歯科のオプションサービスで、さらに顧客層を拡げる作戦だ。

「なるほど、これがビジネスというものなんですねえ。さすがは元広告代理店です、あなたに参加していただいて大正解でした」

尾地さんが感激している。

実際、我ながらなかなかおもしろいビジネスプランになったと思う。広告代理店にいたころも、こうしたプランはいろいろと立案したものだが、当時はことごとく社長とその一派に潰されてしまった。できもしない大風呂敷を広げるよりも、どれだけクライアントの言いなりに動けるか、それだけが要求される会社だった。

それに対して尾地さんは、おれがプランを話すたびに、

「これなら海外進出、ほんとにできそうですね」

と声を弾《はず》ませて喜んでくれるものだから、プランを考えるほうも張り合いが違う。

「もちろん、海外進出しますよ。いまこそ我々が、新しいビジネスモデルをつくるんです。頑張りましょう！」

おれは尾地さんの背中をぽんと叩いた。

白衣は魔法の衣装だと思う。

ふだん着の上に一枚まとっただけで、それなりに権威ある医療関係者に見えてしまう。

「歯周病予防には、なによりもプラークの除去なんですよ」

といった受け売りのセリフも、白衣をまとって言っただけでありがたくきこえるから不思議なものだ。同じセリフを甚平《じんべい》に雪駄《せった》履きで語られたところで何の説得力もない。

しかし、その神通力も使われるシチュエーションによって変化することを思い知らされた。早朝の玄関先に突如としてあらわれた白衣男は、まず例外なく不審者扱いされるのだ。

「あれ？　今日は消毒の日でしたっけ？」

これならまだましなほうで、たいていはインターホンで来意を告げるなり、不機嫌に断られる。舌打ちとともに捨てゼリフを浴びせられる。玄関を掃除していたほうきで、しっしと追い払われることすらある。

それも無理はない。よくよく考えてみれば、朝っぱらにだしぬけに訪れた白衣男を家に上げて歯を磨かせる人間のほうがどうかしている。仮に磨かせる人間がいたとしても、失業中のうかつな三十路男ぐらいのものだ。

まいったなあ。

おれはため息をついた。担当地域を歩けば歩くほど、机上の論理と現実とのギャップを思い知らされた。

いまごろ気づいているほうが間抜けなんだと言われるかもしれない。それにしても、町会の老人にしろ立ち話の奥さんにしろ、はなっから歯牙《しが》にもかけてくれないのはどういうことか。

しかし考えてみれば、俗世を離れた高齢者や育児に追われる母親ほど保守的な人間はいない。耳慣れない新商売に朝のリズムを乱されたくない、いつもどおりの朝でいい。それが両者の本音なのかもしれない。となれば、これは最初からターゲット設定を誤ったことになる。

まいったなあ。

おれは真新しい白い自転車を放りだして、児童公園のベンチに寝転んだ。のっけから大誤算だった。日銭が稼げるこの商売なら、投資資金の回収も日々着々と進むと思っていたのに、このままでは明日の生活費にも事欠く事態に陥ってしまう。たかだか数百円といえども、財布を開けさせることのむずかしさをあらためて痛感させられる。

尾地さんには合わせる顔がない。

ビジネスプランが固まったところで、尾地さんからは歯科医療の基礎知識を徹底的に伝授してもらった。歯磨きについても、ブラッシングで大切なのは毛先を当てる角度と力加減で、とりわけ力加減は二百グラムの力で歯垢《しこう》をこすりとるのが理想的、といった実践ポイントもきめ細かく教わった。

尾地さんの歯を使った実技指導も何度も繰り返した。その結果、ブラッシングに関しては、

「筋《すじ》がいいです。これならお客さんが喜んでくれること間違いありません」

と太鼓判《たいこばん》を押されて勇躍出陣してきた。なのに、肝心の営業戦略が的外れだったのではシャレにもならない。

朝の営業からこれでは昼の営業も夜の営業もまず期待薄だった。急速に自信を失ったおれは営業活動を打ち切り、街をぶらつきながら打開策を考えたが、そうそう簡単に打開策など浮かぶわけもない。結局、夜になってうなだれてアパートに帰宅すると、

「いやあ、ビジネスって楽しいもんですねえ」

満面笑顔の尾地さんが待っていた。初日からけっこうな稼ぎになったと、昨日までの謙虚さが嘘のような得意げな顔でいる。

「そんなにうまくいったんですか？」

信じられなかった。

「いやそれが老人や奥さんからは断られっぱなしで、ＯＬさんも会社の壁が厚くてだめでした。それでも頑張って夜の街に出掛けてみたら、これが驚いた」

歓楽街の美容院のそばに陣どって、店から出てくる女性に片っ端から声をかけてみたのだという。すると声をかけはじめて五分と経たないうちに二人連れのおねえさんが足をとめてくれて、派手にメイクしたほうのおねえさんが、

「やだ、おもしろいかも」

と千円札を差しだした。

歩道の隅にセットしたチェアに座ってもらって磨きはじめると、キャバクラ勤めをしているという二人のおねえさんがキャーキャーはしゃぐものだから、またたくまに人だかりができた。

「これマジ気持ちいいよ」

派手メイクのおねえさんの勧めで、連れのおねえさんも挑戦してくれた。

連れのおねえさんは若いのに歯周病の初期症状が見られたことから、ついでに歯周病の予防法も指導した。歯周病は美容にも悪影響を及ぼすんですよ、と危機感を煽《あお》りながらやさしく説明してやると、

「すごいよ、おじさん」

おねえさんたちは本気で喜んだ。都会でひとり暮らしのおねえさんたちには、ふだん、そんなことを注意してくれる人がいない。

「いつでもきてください。わたし、本物の歯医者ですから」

「マジで？」

「腕はたしかなんですが、経営が下手くそなものですからクリニックを倒産させちゃいまして」

この話がえらくウケた。これを契機に周囲で見物していたほかのおねえさんたちからも、だったらあたしも、と声がかかりはじめた。

それからは客の嵐だった。

あたしもあたしもと夜の街に生きるおねえさんたちが引きもきらず、尾地さんは三時間ものあいだ歯を磨きっぱなし。おかげで歯ブラシがないお客さんのために用意してあった売価五百円の歯ブラシ五十本がすべて売り切れ、歯ブラシがなくては仕事にならないから、仕方なく営業を終了させたのだった。

「あんなに磨いたのは初めてですよ。最後のころは右手の指先が痙攣《けいれん》しはじめたほどですから、いや大繁盛でした」

すでに明日の晩の予約も二十人ほど入っている。予約の際に、みんなが携帯電話の番号をきくものだから、帰りがけにプリペイド携帯電話も買ってきたという。

「なにしろ今夜の売上は歯ブラシ代やチップも合わせて十万円以上になっちゃいましたか

ら、ついでにドン・キホーテにも寄って夜間営業用のライトと、販売用の歯ブラシも五百本ほどまとめ買いしてきました」

玄関に置かれた大きなダンボール箱を指さす。

「あんなたくさん仕入れて大丈夫ですか。このアパートをダンボール屋敷にするつもりじゃないでしょうね」

「なあに、この調子ならすぐにさばけちゃいますよ。ここぞというときにどーんと投資する。それがビジネスの極意ですから」

ふと見下すような笑みを浮かべると、尾地さんは財布から一万円札をとりだして差しだした。小遣いにとっておきなさいと言う。

え？　と思った。何を勘違いしているのか。

おれは一万円札を突き返した。尾地さんは急に不機嫌な顔になってお札を引っ込めると、

「そっちは当てが外れたみたいですけど、こうなったら朝の営業は諦《あきら》めたほうがいいんじゃないですかね。どうです、明日からは一緒に夜の街に出ませんか、ご指南しますよ」

かちんときた。たった一日の繁盛でご指南はないだろう。このひとは、こんなにも変わり身の早いひとだったのか。

「いや、それよりも明日から朝と夜を分担してやりましょう。ぼくのほうも今朝は売上に直結しなかったけど、でかいビジネスにつながる手応えはつかみましたから」

おれは精一杯の意地を張って尾地さんの提案を却下《きゃっか》した。

夜を迎えるのが憂鬱《ゆううつ》になった。

尾地さんと毎晩、売上金額を報告し合うことになったからだ。

朝の時間帯はおれが責任をもつ、と見得を切ったはいいが、売上は相変わらず低迷《ていめい》している。その後の頑張りで、さすがに売上ゼロは脱したものの、とても尾地さんに追いつける金額ではない。

やっとつかんだ顧客は、たまたま出会った物好きな爺《じい》さん十六人だけ。うち四人は無料サービスで、お金をもらっている爺さんも高齢者割引価格の一回二百五十円。奇特にも月極契約を結んでくれた爺さんも三人いるが、それでも一日当たりの総売上を集計するとせいぜい三千円から四千円。高校生のアルバイトの稼ぎにも及ばない。

一方で尾地さんは絶好調そのものだった。昨夜は六十人、今晩は七十人と、顧客数は右肩上がりの高度成長。その後、顧客のマイ歯ブラシを預かる『キープ歯ブラシ制』を導入したことから、年間契約者数も増加の一途をたどっている。

尾地さんの商売繁盛の牽引役《けんいん》は、もちろん夜のおねえさんたちだが、ケバケバしい見た目とは裏腹に、彼女たちほど義理堅い顧客はいない。いったん馴染《なじ》みになると、自分が熱心に通ってくるだけでなく、周囲の人間も巻き込んでくれるからありがたい。おねえさんたちの女友だちはもちろん、ほどなくして夜のおにいさんも連れてくるようになった。きちんと歯の手入れをしなきゃだめでしょ、と世話女房のように尻を叩いて引っ張ってくるのだ。

夜のおにいさんの歯は大半がひどい状態にある。不摂生《ふせっせい》と無精《ぶしょう》が重なって歯周病が進み、若いのに入れ歯寸前のおにいさんもめずらしくない。

加えて喧嘩だ。殴られたり蹴られたりして折れたり抜けたりぐらぐらになっている歯を放置したために、アクチノマイセス・ビスコーサス菌が繁殖。「根面《こんめん》う蝕《しょく》」と呼ばれる歯の根が溶ける悪性の虫歯になっていることが多い。噛《か》み合わせを悪くして顎関節症《がくかんせつしょう》になっているケースもある。

そうした場合、もちろん治療はできないが、おにいさんの歯の現状を教えてやり、どんな歯医者に行ってどんな治療をすればいいかアドバイスしてやる。尾地さんがむかし勤務していた病院に紹介状を書いたりもする。

こうした対応がまた喜ばれて、親でもここまで心配してくれなかったと本気で慕《した》ってくるおにいさんも増えた。

夜のおねえさんにしても、彼女たちは寂しがり屋だから、いつも自分を受け入れてくれる場所を探している。そこに毎晩、彼女たちの歯を気遣ってくれる尾地さんがやってきて、親も恋人も知らない奥歯の隅々まで手入れしてくれる。歯の健康はすべての健康のもとだよ、と諭《さと》してくれる。

酔客相手に毎日気を遣ってばかりの彼女たちだけに、そういったやさしさはたまらないらしい。

「結局、歯磨きビジネスというのは癒《いや》しビジネスなんですよ。歯を磨くついでにチラッとでもやさしさを見せてやれば、まんまと手中に落ちてくれますからね。まあちょろいもんです」

尾地さんはそう言い放った。仕事が好転しはじめたとたん態度が変わってきたと思ったら、最近では傲慢《ごうまん》さも覗《のぞ》かせるようになった。

「その意味でも今後は、歯のケアから心のケアまで面倒を見る〝夜の街角クリニック〟としてビジネス展開しようと思うんですよ。ですから、そろそろ手伝ってもらえませんか。一人では手が足りなくなってきましてね。せっかく私の技術を伝授したのに、それでは宝の持ち腐《ぐさ》れでしょうし」

恩着せがましく言う。

ここまで舞い上がられると、おれとしてはますます意地になる。

おれにだってここにきて明るい兆しが見えはじめている。数少ない顧客の爺さんたちを大切にしてきたおかげで、爺さんが息子の嫁さんを紹介してくれたり、地域の世話役に引き合わせてくれたり、地元に密着した営業活動が実を結びはじめている。

「おれはおれのやり方でやります」

きっぱり告げた。

すると尾地さんは大きなため息をついてみせると、大仰に吐き捨てた。

「あとで後悔しないといいんですがね」

それから三日後、尾地さんはおれのアパートから出ていった。

別れ際に、お礼だと言って十万円差し出されたが、もちろん受けとらなかった。


尾地さんと袂《たもと》を分かってしばらくして、朝の仕事が調子に乗ってきた。

常連の爺さんに紹介された息子の嫁さんが、おれの歯磨きをいたく気に入ってくれて、子どもが通う保育園関係の友だちをつぎつぎに紹介してくれたからだ。

仕事というのは結局、地道な信頼関係の積み重ねだと痛感した。いったん信頼を獲得してしまえば、奥さんたちが幼児の歯磨きをまかせてくれるようになるまで、そう時間はかからなかった。

それどころか家族全員の歯磨きを一括契約したい、という奥さんがあらわれたり、

「どうせなら牛乳も一緒に届けてくれない？」

という要望が飛びだしたりもした。

考えてみれば、わざわざ毎朝、家まで足を運んでいるのだから、ついでに牛乳だって新聞だって朝食だって配達できないことはない。新聞販売店、牛乳販売店、ヤクルトおばさん、コンビニなどと提携すれば、朝の総合デリバリービジネスに発展させることだって夢ではない。

つぎの目標が見えたことで、さらに仕事に熱が入った。その熱意がまた新たな顧客を呼ぶ好循環で、気がついたらてんてこ舞いの忙しさになっていた。

思いきってパートの奥さんを二人、歯磨きスタッフとして雇った。

それを機に、かつて尾地さんから教わった歯磨きノウハウのマニュアル化も図った。『歯科医療の基礎知識』『ブラッシングのテクニック』『衛生管理技術』のほか、おれが身をもって体得した『接客の基本』も追加した。

奥さんスタッフには、このマニュアルでみっちりレクチャーしたうえで、ブラッシング

の現場を連れ歩いて実地教育した。

奥さんスタッフの町での評判は上々だった。常連の老人たちからは、若い女性がやさしく磨いてくれると喜ばれたし、女性客からは、同性の磨き手のほうが気が楽だし子どもも安心してまかせられるという声が多くきかれた。

なかなかいい流れになってきた。これならいけそうだ、という自信もついてきた。ただ、もちろんいい話ばかりではなかった。

奥さんスタッフの一人が小耳にはさんできたのだが、近隣で開業している歯医者が、

「勝手に歯磨きなどされては営業妨害だ、目に余るようなら考えがある」

と息巻いていたというのだ。

そういえば、以前、尾地さんからきいた言葉がある。

『ドリル、フィル、ビル』

日本の歯科医を皮肉った言葉で、歯を削る、穴を埋《う》める、金を請求する、この三つだけやっていれば保険制度上、歯科医は食いっぱぐれない。したがって日本の歯科医は予防に力を入れようとしない、という意味だった。

歯磨きは営業妨害だという反発は、この考えに基《もと》づいている。虫歯も歯周病もプラークをしっかり除去すれば防げる病気なのだが、ちゃんとした歯磨きなどされたら『ドリル、

フィル、ビル』が成立しなくなるというわけだ。

だが、そんなことを気にしてはいられない。べつに悪いことをしているわけではないのだし、またこのビジネスが本職の歯科医から恐れられていると思うと逆に痛快だった。

そんなこんなで、瞬《また》く間に三か月が過ぎた。仕事もようやく波に乗りはじめて、それなりに利益も上がるようになってきた。

この調子であと三か月も頑張れば、もっとパートを増やして事業を拡大できるかもしれない。そうなったら自宅アパートに置いていた事務所を移転して会社組織にしよう。それと同時に営業地域も二倍に拡げて、売上増に弾みをつけよう。

これからだと思った。いよいよこれからがビジネスの躍進期だと思った。

そんな展望がひらけはじめたある日、怪しい噂《うわさ》を耳にした。

「歯磨きマッサージ嬢って知ってるかな？」

朝一番の仕事中に年配客からきかれた。

「何ですかそれは」

「夜の巷《ちまた》で近ごろ人気らしいんだが、ひょっとしてあんたがやっているのかと思って」

いやな予感がした。尾地さんの顔が浮かんだ。

その現場は、すぐに見つかった。歓楽街のど真ん中、風俗店が軒《のき》を連《つら》ねる路地の入口に長い行列ができていた。

年配客からきいた話をこの目でたしかめたくて偵察にやってきた。

行列しているのは携帯メールを打っている若者からビジネス鞄を下げた中年男まで多種多彩だったが、女は一人も並んでいなかった。

さりげなく行列の最後尾についた。ぼんやりと待つこと三十分ほどで順番が回ってきた。

路地の中程にある電柱と自動販売機の合間。車一台ぶんの狭い駐車場に、リクライニングチェアが二つ置かれて、看護婦姿の女の子が二人立っていた。

前金で三千円支払って、みゆきと名乗った右側の女の子に指示されるままリクライニングチェアに腰を下ろすなり、

「ご指名のほうは？」

ときかれた。戸惑っていると、

「こちらの中から、お好みで選べます」

歯ブラシの写真が並んだパネルを見せられた。歯ブラシの銘柄の指名らしい。硬《かた》め、柔らかめ、豚毛、馬毛と素材も自由に選べる。最近は電動バイブ式も人気だと言われたが、

ふつうの歯ブラシを選んだ。

歯ブラシが決まったところで、涎《よだれ》どめのマット状のエプロンをつけられて、口の中を洗浄するマット洗いがはじまった。

洗うといっても、水で濡らした指を口内に挿入して、くねくねと撫でまわしてくれるだけだが、いざはじまるとこれが気持ちいい。手慣れた指使いで、歯茎、頬の裏側、舌の表裏、喉の奥と隅々まで丹念に撫でられていると、知らず知らず口元がゆるんできて、でれでれと涎が垂れてくる。

とりわけ上顎の裏側がたまらない。自分の舌先で上顎を撫でるだけでもくすぐったさを覚えるものだが、それを他人にやってもらうと突如、快感に変化することに驚いた。

続いて女の子はピンクのボトルをとりだすと、透明なローションを二本の指先につけて、いきなり上顎の裏側にぬるりと塗りつけた。

思わず声がでた。塗りつけられると同時に喉元から快感が突き抜けて、とろけるような淫靡《いんび》な感覚に見舞われた。マッサージというより愛撫といっていい。上顎の裏側から咽喉の奥地へと指先は容赦なく侵入して、ゲッとなる直前の部分まで、ゆっくりと揉みほぐしていく。

体が小刻みに震えだした。咽喉の粘膜からこれほど強烈な刺激が得られるとは思わなかった。それから何分ほど快感が続いたろう。ぽかんと口を開けたまま打ち寄せる快楽の波に身をまかせていたおれは、ふと一瞬、我を忘れた。それはいわば小さな絶頂のようなものだった。

そのまま陶然《とうぜん》としていると、女の子はおもむろに歯ブラシとペーストを取りだして、後戯のごとく歯を磨きはじめた。やさしく丁寧に、歯間から奥歯の溝《みぞ》までしっかりと磨き上げていく。

そのやり方はおれが尾地さんから教わったやり方と同じだった。しかし、やはり歯磨きはあくまでも後戯でしかなく、このサービスのメインはどう考えても事前のマッサージといってよかった。

「はい、お疲れさまでした」

女の子が肩を抱きかかえて、リクライニングチェアから立たせてくれた。おれはあらためて、ふう、と吐息をついた。そのとき、背後から声がした。

「どうだったかね?」

ふり返るとダークスーツを着込んだ尾地さんがいた。

二人で夜の街を歩いた。ポケットに両手を突っ込んだ尾地さんが先導してくれた。

正直、もう尾地さんとは関わり合いになりたくなかった。だが、この歯磨きマッサージ商売を尾地さんがやっていると思うとそれが気にかかった。おれのビジネスに悪影響があるかもしれない。そう思うと踵を返すことができなかった。

風俗店を何軒かやりすごし、細い路地を曲がったところに電飾看板だらけの雑居ビルがあった。エレベーターで四階に上がると、会員制のバーが何軒も並んでいた。そのいちばん奥の看板の灯《あかり》が消えた店、それが尾地さんの「事務所」だった。

ここも以前は会員制のバーだったらしく、細長い部屋にカウンターが一本あって、くわえ煙草《たばこ》の若い女が五人、ぼんやりと座っていた。その奥には場違いな事務机が置かれ、金髪の若い男が、「当店のシステム」を電話口で説明している。

「はい、チェンジは二回までOKっすけど」

金髪男がそう言った瞬間、いきなり尾地さんが怒鳴りつけた。

「OKっすじゃないだろ！」

金髪男が身をすくめて、OKです、と言い直した。

思わず尾地さんの顔を見てしまった。しかし尾地さんは何事もなかったようにカウンターに座るとおれにビールをすすめて、

「結局、ビジネスってのは独創性なんだなあ」

以前とは別人のような口調で、唐突に歯磨きマッサージ商売について語りはじめた。

夜の歯磨きビジネスが軌道に乗りはじめたころ、たまたまあるおねえさんに歯茎マッサージを施《ほどこ》した。それが発端《ほったん》だったという。

歯周病につながる歯肉炎予防には、歯ブラシによる軽いマッサージが効果的なのだが、ふと思いついて指先でやさしく歯茎を揉みほぐしてやった。すると、これがえらく喜ばれたものだから尾地さんは歯茎マッサージの研究をはじめた。

それを常連の風俗嬢がおもしろがって、肉体の快楽を提供するプロとしていろいろとアイディアを提供してくれた。そこから新しいテクニックがつぎつぎに開発されて、現在のような口内マッサージが完成したのだという。

「実際、なかなか気持ちいいものだったろう?」

おれはうなずいた。さっきやってもらった歯磨きマッサージの快感がふとよみがえった。

「だが、あれはまだ入り口でしかない。デリバリーでやったらあんなもんじゃない」

尾地さんは意味ありげに笑った。

街角でやっているのはあくまでも客寄せのデモンストレーションにすぎず、ほんとうのマッサージサービスはデリバリーでしか提供していないという。

デリバリー・ブラッシング・サービス。略してデリブラと称して、ブラッシング・レディを三十人ほど抱えて、街角デモンストレーションで客を呼び込みデリブラで儲けるシステムでやっているらしい。

「なにしろ街角とデリバリーではやり方がまったく違うからね。街角ではローションにトリプタミン系をほんの微量だけ仕込んでいるんだが、デリバリーマッサージの場合は基本的にピペラジン系をしっかりと仕込んである」

意味がわからなかった。歯科治療薬でも使っているのか。

「いや、いわゆるケミカル・ドラッグだな。ピペラジン系は抗鬱《こううつ》薬としても使われているアッパー系だから高揚感がまるで違う。つまり、これまで体験したことのない陶酔《とうすい》に浸《ひた》りながら最後までイッてもらえるわけだ」

さらりと言う。おれは慌《あわ》てた。

「ドラッグを使ってるんですか？」

しかし尾地さんは余裕の笑みを浮かべている。

「表向きは内緒にしてるんだが、あくまでも合法的なドラッグだ。それでお客さんが喜んでくれるのならいいじゃないか。リピート性も高いことだし言うことなしだ」

「だけど風営法だってあるわけだし」

「べつに本番行為をやっているわけじゃないしな。射精するもしないもお客の勝手だから、やましいことは何もない」

常連のおにいさんの口利きで夜の顔役にもきちんとみかじめ料を払って筋を通しているから、つまらない言いがかりをつけられることもない。それどころか、いまや一声かければ若い衆が飛んできて、お客とのトラブルに対処してくれているという。

「まあ、かわいい連中だよ。この世界、きちんと面倒を見てやれば、ちゃんと恩義を返してくれる。結局、夜のビジネスはやり方しだいってわけだ」

下ぶくれの顔をゆすって満足げに笑ってみせる。

尾地さんという人間が怖くなってきた。まだ出会ったばかりのころ、尾地さんはこう言っていた。

「すっきり爽快に歯磨きしてもらえるうえ、歯医者いらずの健康な歯になれる。こんな素晴らしい宅配サービスはないと思うんですよ」

あの尾地さんはどこにいってしまったのか。かつての歯科医師は、すっかり夜の世界の男に変貌してしまっていた。

「ちなみに朝の商売のほうはどうなっているのかな?」

黙りこくってしまったおれに、とってつけたようにきく。

答えなかった。答えてしまうとこの男のやり方を肯定してしまうような気がしたからだ。

するとと尾地さんは猫なで声を出した。

「いつまで意地を張ってるつもりかね。じつは、ひとつ考えがあるんだよ。朝の商売にもこっそりトリプタミン系を仕込んだらいいと思ってね。さっきの街角マッサージよりさらに微量に抑えれば、多少値上げする程度で十分にペイできるし、リピーターも爆発的に増えると思うんだよ。どうかね、これで三度目の誘いになるが、もう恥をかかせないでくれ。また二人で組んで夜と朝を制覇してやろうじゃないか」

おれは黙って席を立った。そんな話に乗るつもりは毛頭《もうとう》なかったし、もう二度と尾地さんと関わり合いになってはいけないと思った。

ここにきてしまったことをいまさらながら悔やみつつ、事務所のドアを開けた。

「後悔するぞ」

背後から別人のような野太い声が飛んできた。

異変が起きたのは、それから二週間後のことだった。

早朝、いつものようにお客さんの家に出向いて約束の時刻にインターホンを押した。ところが、なぜかドアを開けてくれない。

「ブラッシングにうかがったんですが」

「けっこうです」

「お体の具合でも？」

「もうこなくていいです」

「でも、とりあえず一か月間、うかがう約束で」

「とにかくけっこうですから」

とりつく島がない。どうしたのだろう。首をひねりつつ、つぎのお客さんのもとに向かった。

すると、そこでも同じことが起きた。いや、同じではない。そこではインターホンにすら出てもらえなかった。つい昨日の朝、あしたもよろしくね、と笑顔で手をふってくれたお客さんだというのに。

三軒目の家では、もう歯は磨いたから、とけんもほろろに追い返された。なぜと問い質《ただ》すことすらできなかった。

同じことを何軒繰り返しただろう。さすがに落ち込みながらも十数軒目に訪ねた家で、ようやく原因がわかった。

最初のころから磨いている爺さんだったことから、穏《おだ》やかに理由を問い詰めた。すると爺さんは目を合わさずにこう言った。

「怖い思いまでして、あんたに磨いてもらうこともないしな」

「怖い思い？」

「年寄りの家の玄関先まで押しかけてきて、一か月でいい、一か月でいいからって凄《すご》まれたらどうしようもないだろうが」

昨日の午後のことだった。

自転車の荷台に洗濯石鹸《せっけん》のダンボール箱を積んだ何人もの男たちが町内にやってくると、ブラッシング・エクスプレスと歯磨き契約をしている家を片っ端から訪問しはじめた。

それは新聞勧誘団も顔負けの荒技だった。年寄りや主婦しかいない時間帯を狙って、洗濯石鹸をエサにドアを開けさせ、こわもて顔で契約先の変更を迫る。一か月でいいから、と判を押すまで帰らない。

ここまでされては、なまじ怖い思いをするぐらいなら歯磨きの一か月ぐらい、と迫られた顧客が寝返ったところで責められはしない。年間契約で先払いしている顧客には、すでに支払ったぶんは無料奉仕で返す、とまで言って鞍替《くらが》えさせたというから腹が立つ。

「うちに戻ってもらえませんか」

「そういわれても」

「そこをなんとか」

おれは粘《ねば》った。こうなったら一軒でも二軒でも顧客を奪い返さないことには商売が立ち行かない。

押し問答しているところに警察官があらわれた。しつこく粘るおれに恐れを抱いて、交番に通報がいったらしい。

交番に引っ立てられて油をしぼられた。どう説明してもきき入れてもらえず、始末書を書いてやっと釈放された。

事務所兼自宅に戻ってみると、二人の奥さんスタッフも同様の目に遭っていた。交番にこそ連行されなかったものの、お客さんを軒並み奪われてすごすご帰ってきたという。

おれが事情を話してきかせると、ひどいことするわねえ、と奥さんスタッフも憤慨《ふんがい》している。

「うちも対抗して洗濯石鹸を配って奪い返したらどうかしら」

「うちが同じことをしたらおしまいです。うちはうちで、いままでどおり良心的な営業活動を続けていけば、いつかきっとお客さんだって戻ってきてくれます」

おれはそう言ってなだめた。しかし、結果的にその言葉は嘘になった。

その後もお客さんは戻ってくるどころか、おれたちの営業地域は片っ端から歯磨き勧誘団に奪われていった。

それでも飽き足らず、彼らはさらに勧誘範囲をひろげて新規顧客を強引に獲得していった。おかげで、いまやどこに営業をかけても彼らが刈りとったあとの不毛地帯。

ここまでやられれば、いくら鈍感なやつでも気づく。首謀者は尾地さんに違いない。三度の誘いを蹴ったおれを逆恨《さかうら》みしてやっていることに違いない。

「警察に訴えましょうよ。あんな汚い勧誘方法ってないですよ」

奥さんスタッフに迫られた。

「いや、脅迫や暴力沙汰でないかぎり民事不介入の警察は動きません。彼らはそれを見切ったうえでぎりぎりのところで凄んでみせている確信犯ですから」

もちろん、おれだって地団駄《じだんだ》を踏みたいほど悔《くや》しかった。だが、どれだけ悔しがったところで、もはや手の施しようがなかった。

それから一か月後、おれは歯磨きビジネスから撤退した。パートの給料の支払いはおろか自分の生活費にも困窮する始末では、そうするほかなかった。

集合時間の午後三時、現場に到着したとたん、今日の仕事はキャンセルになったと告げられた。

派遣の仕事は、これだから腹が立つ。駅前で無料の情報誌を配る仕事だったが、キャンセルです、の一言でギャラとしてもらえるはずだった五千円がパーになった。

こんな生活をもう半年続けている。相手の都合で毎月の稼ぎが大幅に増減するから、うっかり病気もできない。

今日も夕めし抜きだ。そう覚悟を決めて家に帰ると、おれはごろりと横になってテレビをつけた。テレビの画面には立てこもり事件の生中継が映し出されていた。

現場は、歯科医師組合会館という看板が掲《かか》げられたビルだった。いましがた犯人が逮捕されたところらしく、すぐに犯人逮捕シーンのＶＴＲに切り替わった。

額《ひたい》から血を流した犯人がパトカーに連行されていく姿が見えた。犯人を乗せてパトカーが発車する。マスコミの取材陣が追いかける。それに続いて犯人の顔写真がアップになった。

知っている顔だった。駅前商店街の乾物屋のおやじに似た下ぶくれ顔。この顔を見まごうわけがない。尾地さんだった。

事件の経緯は、それから一週間後に発売された週刊誌に詳しい。

尾地さんが歯科医師組合会館に殴り込んだのは午後三時過ぎ。歯科手術用のメスを片手に、四階の歯科医師組合長室に突撃したものの、組合長室にいたのは掃除のおばちゃん一人だけ。引っ込みがつかなくなった尾地さんは、おばちゃんを人質に立てこもった。

立てこもりの理由は、「どれだけいじめたら気がすむんだ!」だった。

事の発端は、尾地さんが組織した勧誘団が歯磨き契約をとりまくったことに遡《さかのぼ》る。元々はおれが営業していた地域を核にして、勧誘団は怒濤《どとう》の勢いで歯磨きビジネスを拡大していった。

これに震え上がったのが地元の歯科医師たちだった。それまでも地元の歯科医師たちはおれの歯磨きビジネスに反発していたが、勧誘団のやり口はおれにも増して強引だった。このままでは『ドリル、フィル、ビル』を侵される。危機感を抱いた歯科医師たちは、歯磨きビジネスを本気で潰しにかかった。歯科医師組合の政治力を利用して警察を動かしたのだ。

勧誘団のメンバーは夜の街のおにいさんが大半だったことから、おにいさんたちは古傷を洗われて別件逮捕された。その取り調べを通じてデリバリー・ブラッシングの存在が浮上してきた。

そこで警察は歯磨きマッサージの違法性を追及して薬事法違反、食品衛生法違反などの容疑で歯磨きマッサージ嬢をつぎつぎに逮捕。さらにはすべての元締めである尾地さんを風営法違反容疑で指名手配して最後の追い込みにかかった。

追い詰められた尾地さんは、摘発《てきはつ》を主導したのが歯科医師組合だと知った。自分は歯科医師組合によって二度も潰されたのだと気づいた。

一度目は開業したばかりの歯科クリニックを潰された。そして二度目の今回は、一度目の挫折を乗り越えて、ようやく再攻勢に出た矢先にまた潰された。

尾地さんがやけっぱちになって歯科医師組合会館に飛び込んだ気持ちも、正直、わからなくはなかった。尾地さんのやり方はけっして褒められたものではなかったし、おれも徹底的に痛めつけられた恨みはいまも忘れていない。それでも、これがおれの甘いところなのかもしれないが、事件の真相とその背景を知るにつけ、なぜか尾地さんが不憫《ふびん》に思えてならなかった。

どこがどう不憫なのか、と問われると、うまく答えられないのだが。

面接に出かける朝、しつこいドアチャイムの音に叩き起こされた。

あれから二週間。不安定な派遣の仕事には見切りをつけて、もう一度、再就職してやり直すことにしたのだが、この朝っぱらからだれだろう。

胸騒ぎを覚えて玄関に向かった。が、すぐにドアは開けず、息を殺してドアスコープを覗き込んだ。

コック帽をかぶった男が立っていた。

おれにはコックの友だちもいなければ、ケータリングを頼んだ覚えもない。

おれは黙ってドアから離れた。むろん、ドアを開けるつもりは毛頭なかった。

ダンボール屋敷

スーパー河内《かわち》の入口にはダンボール十箱のティッシュペーパーが積み上げられ、その脇に母親がちょこんと佇《たたず》んでいた。

どういうことだ。タケオは目を疑った。

同僚に無理を言って残業を代わってもらい、泡を食って車を飛ばしてきたというのに、身動きできないはずの母親が、こっちこっちと手をふっている。いや、それどころか、タケオの姿を認めたとたん、ネピアと横腹に印刷された大きなダンボール箱をよいしょと持ち上げ、タケオの車に運ぼうとしている。

「ぎっくり腰はどうしたんだよ」

タケオが呆《あき》れて非難すると、

「それが治っちゃったみたいで」

母親は曖昧《あいまい》に笑っただけで、ダンボール箱を運びはじめる。タケオは大きなため息をつくと頭を掻《か》いた。

母親は今年、還暦《かんれき》を迎えた。

といっても、いまどきの六十歳は老人や高齢者といったイメージからは程遠い。小柄な体にジーンズを穿《は》いてダンボール箱を抱えているさまは、中年の奥さんといっても十分に通用しそうなほど若い。

その母親が突然、ぎっくり腰に見舞われて動けなくなったと、か細い声で電話してきたものだから、やはり還暦は還暦だと息せき切って駆けつけてきたというのに、またしてもダンボール箱だ。

「なんでまた、こんなに買い込んだんだよ」

「安かったのよ」

「安いからって、ダンボール十箱も買うことはないだろう」

「でも、半値以下なのよ。どうせティッシュなんて腐《くさ》るものじゃないし。これで五年はティッシュを買わなくてすむと思うの」

「だけど」

言いかけてタケオは言葉を呑み込んだ。ここでやり合ったところで、どうなるものでもない。へたに責め立てるより、とっととダンボール箱を運んで帰ったほうが面倒がない。そう判断して、仕方なくダンボール箱の積み込みにかかった。

それにしてもすごい量だった。タケオの車はステーションワゴンなのだが、荷室だけではとても収まりきらずに後部座席や助手席にもダンボール箱を押し込んで、やっとのことで積み込みが終わった。

「じゃ、あなたは先に帰ってて」

母親はそう言うと駐輪場のほうに歩いていった。自転車に乗ってきたのだという。なにがぎっくり腰だ。元気でよかったといえばよかったものの、これはないだろう。ダンボール箱だらけになった車内を横目にタケオは舌打ちした。

タケオは、母親と二人で暮らしている。まもなく三十路《みそじ》を迎えるけれど結婚して家族が増える予定はないから、どう頑張ったところでダンボール十箱のティッシュなど使いきれるわけがない。

いったい何万回、鼻をかめというんだ。

あらためてため息をついているうちに自宅に着いた。十五年前に父親がローンを組んで買った、ブロック塀に囲まれた四十坪の建売二階家。狭いガレージに車を入れて、玄関前まで何度も往復してダンボール箱を運び終えるころには、すっかり日が暮れていた。

玄関を開けようとポケットの中の鍵を探っていると、自転車に乗った母親が帰ってきた。

「ああ疲れた」

ひょいと降り立った自転車の荷台には、べつのダンボール箱が括《くく》りつけてあった。

「ホームセンターの前を通りかかったら安かったのよ」

食器洗いのスポンジを三百個買ってきたと微笑《ほほえ》む。

タケオは黙って玄関の鍵を開けた。返事をする気にもなれなかった。

ドアを開けて家に入ると、手探りで廊下の電気をつけた。古い蛍光灯《けいこうとう》がチカチカ明滅しながら点《とも》り、廊下が照らしだされた。

廊下にはエリエールと横腹に印刷されたトイレットペーパーのダンボール箱が、行く手を阻《はば》むようにぎっしり積み上げられていた。


忘れもしない、最初は歯ブラシだった。

出張から帰宅した夜、洗面所に立つと、タケオが愛用している山切りカットのビトイーンライオンが買いだめされていた。そのときはダンボール箱ではなかった。スーパー河内のビニール袋に五十本ほど押し込まれ、洗面台の棚に吊るされていた。

「ずいぶん買ったなあ」

驚いて母親に言うと、

「安かったもんだから」

母親は照れくさそうに笑った。

高校生のころにひどい歯痛に悩まされたことがあるタケオは、一か月に一度は新しい歯ブラシに替える。毛先がすこしでもひろがったら、いくら磨いても効果がありませんよ、というかかりつけの歯医者の言いつけを忠実に守っている。だから、これだけあれば何回替えても大丈夫だと思い、つい母親に礼を言ってしまった。

あれがいけなかったのだ、といまにして思う。最初に礼を言ってしまったばかりに、ほどなくして、こんどは練り歯磨きが大量に買いだめされていた。これまたタケオ愛用の歯周病予防の薬用歯磨き、サンスターG・U・Mが五十本。

「こんなに使いきれるかなあ」

タケオは遠回しに異議を唱《とな》えた。練り歯磨きは歯ブラシほどたくさん使うものではない。

とたんに母親の表情が曇《くも》った。

「でも、すごく安かったのよ。あたしもたくさん使うし、なんなら、ご近所にお裾《すそ》分けしたっていいことだし」

練り歯磨きのお裾分けはないだろう、と思いながらも、上目遣《うわめづか》いにそう言われてしまうと黙らざるをえなかった。

いまの母親には近所に買い物に出かけるぐらいしか楽しみがない。彼女の人生は毎日のすべてを夫に捧《ささ》げるだけの人生だったからだ。おしゃれをすることも、趣味や遊びに興じることも、友人と旅に出かけることもないままに、ただひたすら家で夫に尽くすだけの日々を過ごしてきた挙句《あげく》に、突然、独りになってしまった。きっと寂しいのだろう。寂しいのだけれど、それを発散するすべを知らないから、ふとつまらない買いだめをしたくなるのだろう。

宝飾品やブランド物の買い漁《あさ》りに走らないところが、いかにも母親らしいところだが、買うという行為が母親のストレス解消の手段になっている。新聞か何かの記事で読んだことがあるが、おそらくはそういうことなのだ。

歯ブラシや歯磨き程度だったら、金額的にもたいしたことはないし、とりあえずは好きにさせておいたほうがいいかもしれない。それで母親が心の安定を得られるのであれば、とそのときは思った。

そんなタケオの思いが伝わったのか、それからも母親の買いだめは続いた。

練り歯磨きのつぎは石鹸《せっけん》で、それがダンボール箱ごと買ってきた最初の品だった。植物物語の十個入り小箱がぎっしり詰まったダンボール箱を、母親は汗びっしょりになって持ち帰ってきた。こんな重たいものをよくも一人で運んでこられたものだと呆れてしまったが、そのずしりと手ごたえのある重量感が気に入ったのだろうか、以来、母親の買い物はダンボール箱単位が基本になった。

整髪料のマンダムギャツビーにシェーバーのフェザーFⅡ、育毛剤のカロヤンにアフターシェーブローションのUNO、ほかにもマウスウォッシュ、デンタルフロス、ヘアブラシ、手拭《ふ》きタオルと、ドラッグストアの倉庫さながらに洗面関連用品がダンボール箱でつぎつぎに運び込まれ、洗面所に所狭しと積み上げられていった。

それでも整髪料まではダンボール一箱だけだった。ママチャリの小さな荷台には一箱しか積めなかったからだ。

ところが、それに飽きたらない母親は駅前の自転車屋にママチャリを持ち込み、荷台の強化を頼み込んだ。

「奥さん、そりゃ無茶ですよ」

渋る自転車屋のおやじに無理を言って、幅八十センチ×奥行き百二十センチもある鉄枠製の荷台を据《す》えつけさせた。

この新聞配達の自転車をもしのぐがっしりした荷台が、母親の買いだめ熱にさらに拍車をかけた。シェーバーは二箱、育毛剤は三箱と、買い物に出掛けるたびに、ダンボール箱を積み上げて帰ってくるようになった。そのころには、最初はふらついて危なげだった自転車の乗りこなしも、しだいにコツをつかんだらしく、かなり安定した走りになっていた。

そんな母親の姿が近所のひとの目にとまらないわけがない。

「お店でもはじめられるんですか？」

お向かいのシモジマさんに小声できかれたことがある。

「いやあ、まとめ買いが大好きになっちゃったみたいで」

タケオとしては曖昧《あいまい》に笑うしかなかった。

そうこうするうちに、母親は洗面用品を一通り買いだめてしまった。洗面所には大量の在庫があふれ返り、洗面台の前のわずかなスペースを除いては床から天井までそこかしこにダンボール箱が積み上げられ、もはや完全に商品倉庫と化していた。

よくぞこれだけ買い込んだものだった。しかし逆に、ここまで徹底してやれば彼女としても大満足だろうし、これを機に買いだめ熱も冷めてくれるのではないか。タケオはそう期待した。

しかし甘かった。そんなことでおさまる母親ではなかった。おさまるどころか、それまでは洗面用品ジャンルだけだった買いだめが、ジャンルの枠を超えはじめた。

シャンプー、リンス、入浴剤、消臭剤といったバス・トイレ用品ジャンル。食器洗い洗剤、クレンザー、ラップ、キッチンタオルといった台所用品ジャンル。除草剤、化学肥料、腐葉土《ふようど》、栄養剤といったガーデニング用品ジャンル。

洗面所に限定されていたタガが外されたことで、買いだめ対象がありとあらゆる日用品にひろがった。

買いだめ方法も工夫されるようになった。

母親は毎朝、新聞折り込みの安売りチラシをくまなくチェックしてから近隣地域の知人に電話して、別の地域のチラシの価格も確認するようになった。毎月何週目の何曜日が安いか、他店との競合状況でいつ安くなるかといった安売り情報を幅広いエリアを網羅《もうら》して把握《はあく》したうえで、自転車を駆ってスーパーやホームセンター、ディスカウントストアを一軒一軒のぞいて回り、ここぞ最安値という店を見定めたら、どーんとダンボール買いする。

その買いっぷりたるや見事なもので、こんなにたくさんどうされるんですか、と最初は目を丸くしていた店員も、買いだめが度重なるにつれて、これだけ買ってくれると気持ちがいい、と喜んでくれるまでになってしまった。

ただ、ひとつ不思議だったのは、これだけいろいろと買い漁《あさ》っているというのに、母親は決して自分のものだけは買わないことだ。還暦過ぎとはいえ彼女だって女だ。どうせなら化粧品や洋服やアクセサリーといった自分のためのものも買えばいいと思うのだが、彼女が私物を大量に買ってくることは一度としてなかった。

そしてまた、買いだめに執着《しゅうちゃく》する以外の部分では、以前の母親となんら変わらないところも不思議といえば不思議だった。

タケオが帰宅すれば食事の準備ができているのはもちろん、風呂は沸いているし、洗濯もできているし、掃除の手抜きもない。以前と変わらず甲斐甲斐《かいがい》しくタケオの世話を焼いてくれたうえでの買いだめ行為だけに、それ自体は一種異様な行為であっても、タケオとしてはいまひとつ強く口を差し挟めないでいた。

しかし、それも今日までだ、とタケオは思った。

これまでの買いだめも異常といえば異常だが、今日のティッシュペーパーの買い方はもはや常軌《じょうき》を逸《いっ》している。ダンボール十箱という数量のことだけではない。仮病《けびょう》を使ってまで息子を呼びだして買いだめ品を運ばせるようになってしまっては、もはやこれまでだ。

これまで黙認してきたのがいけなかったのだ。これ以上、エスカレートさせないためにも、ここできつく釘《くぎ》を刺しておかなければ取り返しがつかないことになる。

十箱目のダンボール箱を階段の踊り場に運び上げながら、タケオはそう決意した。

「母さん、そろそろ考えたらどうかな」

夕食後、タケオは穏《おだ》やかに切りだした。ラップや除草剤のダンボール箱が積み上げられている茶の間の一角。

「考えるって？」

母親は小首をかしげた。とぼけているのか、ほんとうに意味がわからないのか、判断がつかない。

「この家だって、そうそう広い家じゃないんだから、このままじゃ寝るところだってなくなっちゃうよ」

ゆっくりと噛《か》んで含めるように言った。

「だけど、いずれは必要になるものばかりなのよ。安いときに買っておいたほうがいいじゃない」

母親は何度となく繰り返してきた理屈を口にする。

「それにしたって限度ってものがあるよ。どんなに安くたって、ダンボール十箱も買い続けていたら、いくらお金があっても足りなくなる。父さんが残していったお金だって無限なわけじゃないし」

「だからこそあたしは一生懸命、安い店を」

「そういうことを言ってるんじゃないんだ」

「じゃあどういうこと？」

「もう馬鹿げたまねはやめてほしいんだ」

意を決して告げた。

「馬鹿げたまね？」

母親が目を見開く。

「そう、馬鹿げたまねだ。もういいかげんにダンボール箱で買いだめするのはやめてくれないかな」

「安いものを安いときに買って何が悪いのよ。家庭の主婦ならみんなやってることじゃない」

「だから物事には限度ってものがあるって言ってるだろう」

タケオは声を硬くした。それでも母親は同じ理屈を繰り返す。

「だけど安いときに安いものを」

「いいかげんにしてくれ！　こんなんじゃもうとても一緒に暮らしていけないよ！」

思わず言い放ったとたん、母親の顔色が変わった。

しまった、と思ったものの遅かった。母親の肩が小刻みに震えている。息を殺して必死に嗚咽《おえつ》をこらえている。

タケオは激しく後悔した。言葉の弾《はず》みとはいえ、言ってはならないことを言ってしまった。

母と息子、二人きりの暮らしがはじまってから、じつはまだ十か月ほどしか経《た》っていない。十か月前のある日、唐突に父親がいなくなってしまったからだ。

そう、父親はいなくなった。亡くなったのではない。失踪《しっそう》なのか、拉致《らち》されたのか、あるいはどこかで不慮《ふりょ》の死でも遂げたのか、それは定かではないが、とにかく父親は、その日を境《さかい》に忽然《こつぜん》と姿を消してしまった。

生真面目《きまじめ》一本の父親だった。生真面目に働き、生真面目に暮らして、生真面目に歳をとってきた、生真面目の権化《ごんげ》のような父親だった。

その一方で、妻に対しては生真面目に加えて亭主関白を貫いてきた男だった。むかしの人間だからなのか、常に自分の妻を見下していて、家に帰ったら何もしないのが当たり前だった。

背広の上着はもちろん靴下やパンツも自分で脱いだことがない。風呂に入れば背中を流させ、テレビのチャンネルは顎をしゃくってかえさせ、食事のときは焼き魚の小骨まで妻にとらせた。

妻に向かって喋《しゃべ》る言葉は、喉の奥にこもった声で、

「おい」

それだけだった。おい、フロ。おい、チャンネル。おい、布団《ふとん》。

それでも妻は文句ひとつ言わずに仕えていた。夫から何か指図されるたびに、はいはい、と軽やかに返事をして、甲斐甲斐しく世話を焼いていた。

幸せな男だったと思う。しかし父親は幸せだったと思うが、タケオは母親が不憫《ふびん》でならなかった。なぜそこまで夫に尽くさなければならないのか、腹立たしくも思った。

その思いが高じて思春期のころには何度か、

「母さんは奴隷《どれい》じゃないんだ」

と気色《けしき》ばんだことがある。

それでも母親は従順だった。

「怒った顔も、父さんそっくりになってきたねえ」

気色ばんだタケオに微笑みかけると、またいつものように父親の手元まで夕刊を持っていってやるのだった。

そこまで尽くされていたにもかかわらず、なぜ父親は失踪してしまったのか。タケオにはその理由がさっぱりわからなかった。

四十年間勤めた会社を無事定年まで勤め上げ、いわゆる悠々自適《ゆうゆうじてき》の老後を過ごしていた。どこかに借金をしていたわけでもなく、女をつくっていたわけでもなく、他人の恨みをかっていたわけでもないことは、その後の調べでも明らかだった。なのに、なぜ父親は妻を置いて家を出ていってしまったのか。

「こういうケースは、むずかしいんですよ。理由が曖昧なぶん、居所もそう簡単にはわかりませんし」

父親が姿を消した直後に捜索願いを出しにいった警察署ではそう言っていた。

しかし母親は自分を責めた。

「あたしが至らなかったばかりに」

とうなだれて、尽くしに尽くしてきたにもかかわらず、まだ尽くしたりなかったのではないかと気に病んでいた。

「そんなことないって」

タケオとしてはそう言って慰《なぐさ》めるほかなかったが、それでも母親は自分を責め続けた。

その後も、できるかぎりの手を尽くして父親を探した。しかし失踪から一週間が過ぎ、一か月が過ぎ、三か月が過ぎ、半年が過ぎても、その行方はようとしてわからなかった。

そして、姿をくらまして半年目のある午後、母親はビトイーンライオンを五十本、まとめ買いしてきたのだった。

母親の肩は、まだ震えていた。

もうとても一緒に暮らしていけないよ！

言葉の弾みとはいえ、ダンボール箱だらけの茶の間でタケオが吐いた一言は、母親にとってどれほどショックだったことだろう。

「ごめん、悪かった」

タケオは謝った。無神経な言葉を放った自分を、あらためて悔《く》いた。

母親はうつむいたまま顔を上げようとしなかった。


それからしばらくして、買いだめに異変が起きた。

きっかけは漬物石だった。何個か積み重ねて重さを調節できる車輪のような形をした漬物石を、母親は八十個も買い込んできたのだ。

これには慌《あわ》てた。

日用品といっても、歯ブラシやティッシュといった消耗品のたぐいを買いだめることと漬物石を買いだめることでは本質的な意味が異《こと》なる。

漬物石の買いだめには、買いだめしなければならない動機がないからだ。かつて母親が言い訳として口にした「いくつあってもいいもの」でもなければ、「いつか必要になるもの」でもない。つまり漬物石は買いだめ品としてまったく成立していないのだ。

「これは返品してこようよ」

タケオは極力穏やかな口調で言った。

ところが母親は泣いて拒《こば》んだ。せっかく気に入って買ってきたのに、なぜ邪険《じゃけん》にするのか、と漬物石にすがりつく。

タケオは初めて怖くなった。山ほど積まれた漬物石に頬《ほお》を擦《こす》りつけて泣く母親の姿に、たとえようのない恐怖を感じた。このままではえらいことになる。母親は、タケオが知っている母親ではなくなりつつある。

家を離れるのが心配でならなくなった。帰宅するまでに、どんな異変が起きているかと思うと、会社にいても上《うわ》の空で仕事が手につかなくなった。

翌日、会社から帰ると玄関のたたきにコロナの石油ファンヒーターが積み上げてあった。十台あった。その翌日には和室に、キャンプで使う飯盒《はんごう》が二百個。そのまた翌日には、寝室にソニーのゲーム機プレイステーションが二十台。

あとはもう無茶苦茶だった。脱衣所にソバガラ枕が五十個積まれている日もあれば、階段の踊り場にセイコーのデジタル目覚まし時計が七十個並んでいる日もあれば、勝手口に有田焼の焼酎盃《さかずき》セットが百セット置かれている日もあった。

日を追うごとに何ら脈絡《みゃくらく》のない品々が、家の中の空間を埋めつくしていった。生ゴミ処理機二十台、アイスノン二百個、瞬間接着剤アロンアルファ二百五十本、エプソンのプリンターカラリオ六十台、アルミ製脚立《きゃたつ》二十脚と、それはもう何でもありの状態で、その品揃《ぞろ》えの不条理さには、驚くより先に笑いがとまらなくなることすらあった。

この勢いでは支出も半端《はんぱ》ではないだろう。どう安く見積もったところで百万単位の金が消えているはずだった。

母親はどうかしてしまったに違いない。それでも、タケオの食事の世話や洗濯や掃除は相変わらずきちんとやってくれているのが不思議だったが、しかし、もはや母親の頭のどこかしらのネジが完全に一本弾け飛んでしまっていることだけは間違いなかった。

どうしたらいいのだろう。どうやって収拾したらいいのだろう。

タケオは途方に暮れた。もはや話し合いで解決できる段階ではなくなっている。といって、母親を柱に括りつけて買い物できなくしろというのか。納戸《なんど》に押し込んで監禁しておけというのか。

買いだめはますますエスカレートしていった。

それから三日後の帰宅途中、タケオは隣家のキクチさんの奥さんに呼びとめられた。

だ。

「おたくお母さん、大丈夫？」

その日の午後、安売り家電店から冷蔵庫が十台配達されてきたのを目撃したというのだ。

十台もの冷蔵庫をどうするつもりか。不審に思った奥さんは、思いきって母親に尋ねてみた。しかし、母親は何も言わずに静かに笑うばかりだった。

「お寂しいんじゃないかしら」

奥さんは怯《おび》えたような口調でそれだけ言うと、そそくさと家に引っ込んでしまった。

動くん棚つきの三菱冷蔵庫十台は庭に積んであった。十坪もない狭い庭の芝生《しばふ》の上にブルーシートを敷いて、五台ずつ横倒しにして二段積みにしてあった。

家の中に物が置ける空間は、もうほとんどない。タケオと母親の生活スペースは、茶の間の座卓周辺と、風呂とトイレと寝室のベッドの上のみ。ほかは、すべてダンボール箱で埋めつくされていて、うずたかく積み上げられたダンボール箱の合間を横歩きで擦《す》り抜けながら暮らしている状態なのだ。このうえ、わずかばかりの庭までダンボール箱で埋め尽くしてしまったら、いったいどうするつもりだろう。

タケオは塞《ふさ》ぎ込むようになった。仕事中もふと物思いに沈むことが多くなり、それに気づいた同僚から、

「どうかしたのか？」

と何度か声をかけられた。そのたびに、

「いや、大丈夫だ」

と笑ってみせはしたが、実際、まいっていた。真夜中にふいに声を上げて跳ね起きたり、通勤電車の中で独り言を口走って周囲の乗客に振り向かれたりするほどまいっていた。

追い討ちをかけるように、隣町に住んでいる伯父《おじ》から電話がかかってきた。

「この物置、いつまで預かっておけばいいんだ？」

「は？」

「しばらく預かってほしいっていうから庭に置いてあるけど、そろそろ引きとってもらわないと。組立式の物置を十台もどうするつもりだい？」

妹である母親に頼まれてうっかり了解したところ、まとめて配送されてきたという。

「すいません、着払いで送ってくれますか」

タケオは恐縮して告げた。こっちの庭には冷蔵庫が十台置かれているのだが、だからといって引きとらないわけにもいかない。

もはやため息も出なかった。いよいよ買いだめ品の分散化がはじまったわけで、事態は末期的といってよかった。

だからといって、どう対処したらいいのか、それがタケオにはわからなかった。わかったことはといえば、母親は我が家に買いだめ品の置き場所がないことは認識していること。置き場所がないからといって買いだめをやめる気はないらしいこと。この二つだけだった。


「買い物依存症ってやつじゃないかと思うんだ」

思いあまって会社の同僚のスギタに相談した。病院の精神科へ相談にいくことも考えたが、そこまで母親を連れていく自信がなかった。

スギタは大学時代、心理学を専攻していたらしい。それもあってか、社内でも人間心理の機微《きび》を合理的に解《と》き明かしてくれる男として一目置かれている。

スギタなら何かヒントをくれるかもしれない。そう考えて恥をしのんで藁《わら》をも摑《つか》んだ。

「買い物依存症ねえ」

タケオの説明をじっくりときいたスギタは腕を組むと、しばらく考え込んだ。それからおもむろにタケオに向き直ると、

「まあ買い物依存症ってことで片付けてしまえば話としては簡単だろうけど、おれは違う

気がする」

「どう違うんだ?」

「いまの話をきいて、だれもが思いつく買いだめの原因は、夫が行方不明になったことによる過大な精神的ストレスだ。その喪失感を、無茶苦茶な買いだめをする昂揚《こうよう》感、充足感によって紛《まぎ》らわせているうちに、しだいに買いだめをエスカレートさせずにはいられなくなって依存状態に陥《おちい》ってしまった。まあ、こんなストーリーになる」

タケオはうなずいた。タケオもまったく同じ想像をしていた。

「だけど、おれとしては、単純にドーパミンだけに関わる話じゃない気がする」

「ドーパミンって?」

「脳の中の神経伝達物質だ。人間に快楽をもたらすとされていて、アルコール依存症、ギャンブル依存症、買い物依存症といった依存症に大きく関係している」

各種の依存症が起きる原因は、ストレスが高まると脳内の快楽物質ドーパミンを抑制する物質、セロトニンが減少するからだと言われている。そこにアルコールやギャンブル、ショッピングなどの快楽がもたらされると、ふつうはセロトニンによって抑制されるはずのドーパミンがさらにとめどなく分泌され続けるために、その快楽から逃れられなくなる。それが各種の依存症につながるとされている。

「ところが、おまえの母親の場合、はたして買いだめに快楽を感じているのだろうかと、そこに疑問を覚えるんだな。エルメスだのプラダだのグッチだのと、ブランド品を買い漁る快感なら、まだわかる。しかし、歯ブラシやティッシュ、ましてや漬物石や物置を買いだめすることが快楽なのか」

「だけど快楽はひとそれぞれなわけで、うちの母親の場合は漬物石や物置の買いだめが快楽なのかもしれない」

「そうだろうか。まあここまでくると専門家の領域になってしまうから断定的なことは言えないけど、それも快楽の一種だと無理やり解釈するよりは、おれはむしろ、それは快楽を奪われたことに対する復讐心から行われている行為だと解釈したほうが合理的だと思うんだ」

「復讐心？」

「というのも、いまの話をきいてひとつ思ったのは、おまえの母親は夫に尽くすことを生きがいにして生きてきたわけだよな？」

タケオはうなずいた。

「その、だれかに尽くすという行為も、じつは快楽の一種なんだ」

世の中には、どんなに夫から暴力を振るわれても献身的に尽くす妻が少なからずいる。

殴られても殴られても、蹴られても蹴られても、それでも離婚することなく暴力夫の世話を焼き続ける妻がいる。しかしそれは彼女たちの美徳というよりは、その献身行為自体が自虐的な快楽につながっているからこそ、彼女たちは何があろうが尽くし続けている。そうスギタは言うのだった。

夫の暴力に耐えつつ世話を焼けば焼くほどドーパミンがとめどなく分泌され、その快楽の虜《とりこ》になってしまうがゆえに暴力夫から離れられなくなる。

「これがいわゆる共依存症というやつで、これも依存症の一種なんだ」

「うちの母親は、暴力は振るわれてなかったけど」

「だけど、おまえの父親は家では何もしない夫だったんだろう?」

「まったく何もしなかった」

タケオは、父親の靴下を脱がせている母親の姿を思い出した。仁王《におう》立ちした父親の足元にしゃがみ込み、片足ずつ丁寧に素足にしたところで、足を撫《な》でさすり、爪の長さから水虫の具合まで細かくチェックしていたものだった。

そんな光景を見かけるたびに、そこまですることないじゃないかと思った。どこか異常な行為に感じられてならなかった。

「そこなんだよ」

スギタが身をのりだした。

「ここからはおれの想像でしかないから、もし失礼があったら許してほしいんだけど、おまえの父親も、おそらくそうした日常に異常さを感じていたんじゃないかと思うんだ。ただし、おまえが言ったのとは違う意味での異常さを」

「どういうことだ？」

「第三者の目から見ると、たしかにおまえの父親は暴君で、妻を奴隷のごとくかしずかせていた。だが、父親は気づいていたんだと思う。この妻は、おれのために世話を焼いているのではない。彼女自身の共依存症的な快楽のために世話を焼いているのだと。つまり、おれは彼女の快楽の道具にすぎないんだと気づいていた」

それでも父親は亭主関白を演じ続けた。なぜかといえば、父親はやさしかったからだ。父親のやさしさが、妻の快楽願望を満たしてやろうと亭主関白を演じ続けさせた。

しかし、それも父親が定年を迎えるまでのことだった。会社に通っているころは、亭主関白を演じなくていい時間がたくさんあった。それが父親の息抜きになっていた。ところが定年後は毎日家にいるようになったことで、四六時中、妻の快楽願望に付き合って演じ続けなければならなくなった。

「それが苦痛になってきたんじゃないかと思うんだ。それまではずっと耐え続けてきたけれど、妻には十分すぎるほど尽くしてきたし、息子も成長したことだし、そろそろほんとうの自分として生きてみたい。そう決意して妻と息子の前から姿を消したんじゃないかと」

近ごろは子どもが独立するのを待って離婚する熟年妻が増えている。だがタケオの父親の場合は、その逆パターンだったのではないかとスギタは言うのだった。

一方で母親は、夫が失踪した理由にすぐ勘づいた。夫は、自分の献身行為から逃れようと姿を消したのだと。

「その瞬間、お母さんの復讐心に火がついたんだと思うんだ。つまりお母さんにとって夫は、自分から献身快楽を奪いとった憎い仇《かたき》になってしまった」

「うーん」

タケオは唸《うな》った。

「ひとつの推測としてはおもしろいと思うけど、それがなぜ買いだめに結びつくんだろう」

「お母さんが買いだめている物って、何かしらお父さんに関係してないかな？」

「ああ、そういえば」

言われてみれば、母親が初めに買ってきたビトイーンライオンは、タケオだけではなく父親も使っていた。

鼻炎《びえん》ぎみの父親はティッシュペーパーを手放せなかったし、漬物は大好物だった。ソバガラ枕でなければ寝られないひとだったし、プレイステーションで囲碁《いご》を打ち、庭の物置も新調したがっていた。

「夫が必要とするもの、夫が好きなもの、夫が快適に暮らすために欠かせないであろうものを一生懸命に買いだめる。最初のうちは、それが失踪した夫への献身の代償行為となって快楽につながっていた。しかし買いだめているうちに、その献身的な行為が、一方で夫が築き上げた財産と家屋を踏みにじっていることに気がついた。買いだめという献身行為を続ければ続けるほど夫に復讐できると認識したことから、買いだめがどんどんエスカレートしていった。そういう構造じゃないかと思うんだ」

なるほど、と思った。たしかにこれはあくまでもスギタの推測にすぎないが、しかし、たとえ推測にしても、これなら母親の突飛《とっぴ》な行動に説明がつく。

快楽を奪われた母親の復讐心が、買いだめをエスカレートさせていった。あの大量のダンボール箱は、母親の怨念のかたまりだった。そう思うとなんだか、実の母親のどす黒い内面を覗《のぞ》き見た気がして、ずしりと重たい気持ちになってくる。

するとスギタがタケオを指さした。

「そのおまえの憂鬱《ゆううつ》そうな顔がまた、お母さんを焚《た》きつけたんだろうな」

「顔？」

「おまえの顔、お父さん似だろう」

タケオはうなずいた。小さいころからよく言われたものだった。大人になってからは、声もそっくりだから電話だと父親と区別がつかないとみんなから言われた。

「おまえはあるときから、お母さんに見立てられていたんだと思う。おまえが憂鬱な顔をすればするほど、お父さんの復讐心は満たされた。その充足感がお母さんの買いだめをさらにエスカレートさせていった。そういうことじゃないかな」

「うーん」

タケオは再び唸った。もはや唸るほかなかった。


ダンボール屋敷。

周辺の住民がタケオの家をそう呼んでいることを知った。会社の帰りに近所のコンビニに立ち寄ったときに、たむろしている高校生たちが噂《うわさ》していた。

的《まと》を射たネーミングだと思った。ブロック塀に囲まれた築十五年の建売二階家は、いまやダンボール箱に埋もれかかっている。

ブロック塀と家屋の合間には色とりどりのロゴマークが印刷されたダンボール箱が無造《むぞう》作《さ》に積み上げられていて、その高さたるや二階の窓も覆い隠してしまうほど。傍目《はため》にはダンボール箱の山の上に民家の屋根がついているようにしか見えない。

ダンボール箱にはところどころに雨よけのブルーシートがかけられているが、基本的には雨ざらし。大型家電製品に衣料品、陶食器類に事務用品、園芸用品に調理器具と、その品揃えは無秩序そのもので、まるでバッタ屋の倉庫と化している。せめてもの秩序といえば、いずれもダンボール箱に入っているという点だけだ。

当然、玄関もダンボール箱で塞がれている。芝生の庭も、冷蔵庫、組立式物置のほか洗濯機、食器棚、ソファベッドなどの大型ダンボール箱で埋めつくされ、タケオが小学生のころに記念植樹した欅《けやき》の木がシャープの四十インチ液晶テレビのダンボール箱に薙《な》ぎ倒されそうになっている。

仕方なく家への出入りは勝手口を使っている。ダンボール箱の進駐《しんちゅう》をかろうじて免《まぬが》れているガレージからダンボール箱の狭い谷間を縫《ぬ》うように横歩きで進むと家に入れる。大きな地震でもあった日にはダンボール箱の崩落で圧死することは請《う》け合いだが、だからといってもはやどうしようもない。

それでも母親の買いだめは続いている。事ここに至っても一日一回は配送トラックが横付けされて新たなダンボール箱が運び込まれている。

タケオはもう身も心もくたくたになっていた。激しいストレスから夜はまず眠れない。昼は昼でオフィスでうつらうつらしながら思い悩んでいることから、とても仕事どころではない。

やはり専門医に診《み》てもらわないとだめかもしれない。そう考えて、

「母さん、病院に行こうか」

思いきって言ってみたこともある。ところが母親は、

「あたしはまだ足腰も内臓もピンピンしてるのに、なんでだい？」

屈託《くったく》のない笑顔で問い返された。それでなくても母親の世代は精神科に対して特殊な感情を抱いている。とてもそれ以上のことは言えなかった。

会社から帰宅するたびに、父親が舞い戻っていることを期待した。父親がふたたび一緒に暮らして亭主関白を演じてくれさえすれば、復讐に取り憑《つ》かれた母親の心もほぐれて以前の状態に戻るかもしれないと思うからだ。

しかし一方で、もう父親は一生帰宅しない、という気もしていた。

小学生のころだったか、父親が忘れた書類を届けに父親の会社に行ったことがある。そのとき、部下の女子社員とこぼれんばかりの笑みを浮かべて談笑している父親の姿を見て

びっくりした記憶がある。家ではいつも口をへの字に結んでいた父親が、まったく別人の顔で冗談を飛ばして女子社員とじゃれ合っていた。

あれが父親のほんとうの姿だったのかもしれない。いまごろ父親は、あのときと同じ笑みを浮かべてどこかで楽しく暮らしている。そんな気がしてならなかった。

そんなある日、タケオの会社に電話が入った。

「とりあえず五十万ほど、入れてもらえませんかね」

男の声だった。母親に貸した金の一部を返済しろと迫られた。

胸が泡立った。ついに母親は父親が残していった財産を遣いきって、怪しげな金融屋にすがってしまったということだろう。

「どのぐらい借りているんでしょうか」

恐る恐る尋ねると三百万円だという。呆れ返った。三百万も借金してまでダンボール箱を買いたいか。

といって、このまま放っておくわけにもいかない。借金の形《かた》に家でも取られた日には泣くに泣けない。タケオは腹を括って社内預金をはたくことにした。

会社を早退して銀行に立ち寄ってから、男に指定された雑居ビルの一室を訪ねた。三百万円の札束と引き換えに借用書をうけとった。いつの日か所帯を構《かま》えるときのためにコツコツ貯めていた虎の子が、あの忌《い》まわしいダンボール箱のせいで消え去ったかと思うと、さすがに情けなくなった。

その足で家に帰ることにした。家の近所を聞き込んで歩こうと思ったからだ。借金のほかにもタケオの知らない何かが起きているかもしれない。それが心配だった。ここまできたら世間体も何もあったものではない。心当たりのところに片っ端から声をかけて母親の情報を集めてまわることにした。

心配はすぐ現実に変わった。母親がいきつけの肉屋のおかみさんから情報がもたらされた。最近になって母親が商店街の不動産屋に足しげく通っているというのだ。

その不動産屋を訪ねた。

「ああ、あの奥さんの息子さんですか」

事情を説明したところ、不動産屋のおやじが気さくに応じてくれて、母親が頻繁《ひんぱん》に不動産屋を訪れている理由がわかった。

「賃貸アパートを探しておられるんですよ」

「賃貸アパート？」

「荷物がどんどん増えるから保管場所にしたいそうで」

その晩、あらためて母親に対峙《たいじ》した。

こうなったら殴りつけてでも買いだめをやめさせる。そう覚悟を決めて、まず二つの事実を突きつけた。母親の借金を清算してきたこと、不動産屋でアパートの件を断ってきたこと。そして最後に、このままではこの家を失ってしまうのも時間の問題だ、もう買いだめなんかしちゃだめだ！　と強く迫った。

「父さんはもう帰ってこないんだ。父さんのことなんか早いとこ忘れて、これからは母さん自身の人生を生きなきゃだめなんだよ！」

言いたいことをすべて言いきったところで、あらためて母親を睨《にら》みつけた。

そこでようやく母親の異変に気づいた。それまでは興奮していて気づかなかったが、睨みつけた母親の目の据わりがどこかおかしいのだ。

「母さん、ちゃんときいてくれよ」

タケオはたたみかけた。しかし何を言っても、どう突っ込んでもリアクションというものがない。母親はただただぼんやりと目線を宙にさまよわせているだけで、その網膜上に何が映っているのか想像すらつかない。

背筋に冷たいものが走った。これはいけない。このままでは取り返しのつかないことになる。

そのとき、ふと閃《ひらめ》いた。タケオはおもむろに立ち上がると、母親を茶の間に残したままダンボール箱の山の中に向かった。

電気餅《もち》つき器やスリッパの束が入ったダンボール箱を押し退《の》け、掻き分け、奥の和室に向かって進んだ。押し退けた拍子にダンボール箱が崩れ落ちて何十個ものワイングラスが音を立てて砕け散った。大量の粉石鹼もあたり一面に散乱した。かまわずタケオは突き進んだ。

ガラスの破片で左手から血が流れている。落下してきたオーブントースターに直撃されたわき腹が痛い。それでもタケオはひたすら前進し続けて、ようやく和室に辿《たど》り着いた。

最後の難関は化学雑巾《ぞうきん》がぎっしり詰まったダンボール箱だった。天井までそびえ立つそのダンボール箱の壁を力まかせに突き崩して、脇に押し退けた。すると、そこに洋服簞笥《だんす》があらわれた。

タケオは洋服簞笥の扉を開けるとパリッと糊《のり》のきいたワイシャツに袖《そで》を通し、見覚えのあるネクタイを締めた。そしてこの季節になるとよく目にした背広を着込むと、すかさず踵《きびす》を返して、いま突き進んできた獣道を茶の間まで引き返した。

母親はまだ茶の間の座卓に座っていた。

ひとつ深呼吸してから、タケオは鷹揚《おうよう》な物腰で座卓の前まで歩を進めると、流血している左手で乱暴にネクタイを弛《ゆる》めながら言い放った。

「おい、フロ」

母親は一瞬、ぽかんとした表情でタケオを見上げた。が、つぎの瞬間、その瞳に光が射した。

母親の顔が、一転、やさしい微笑みに包まれた。そして、あの聞きなれた甲高《かんだか》い声で、

「はいはい」

と軽やかに返事をするなりひょいと座卓から立ち上がると、いそいそと風呂場へ向かった。


それっきり母親の買いだめ熱は冷めてしまった。

劇的効果とはまさにこのことで、憑きものでも落ちたかのように母親は買いだめに対する興味を失ってしまった。

これには驚いた。ダメもとでチャレンジした狂言芝居に、これほどの効果があろうとは思わなかった。

さっそく同僚のスギタに報告した。スギタも驚きの表情を隠さなかった。

「いったい何が起きたんだろ。タケオが父親になりきったことでロールプレイのような作

用が働いたってことかなあ」

「ゲームのRPGってこと？」

「いや、そのロールプレイングゲームとは違うんだ」

ルーマニア出身の精神分析学者、ヤコブ・モレノが二十世紀に提唱したグループセラピー、集団精神療法の一種で、参加者それぞれが自分に与えられた役割を演じることで現実の葛藤《かっとう》に気づかせて癒していく療法として知られている。

「だけど、おまえのお母さんの場合、それをゲームと知らずに本気で参加しているわけだよな。その場かぎりのゲームじゃなくて、ゲームの中に居続けているわけだから、それでなぜ葛藤が消え去ったのかよくわからない」

もちろんタケオにも、何がどう作用してこの幸運な結果がもたらされたのかさっぱりわからなかった。しかし、ややこしい理屈は別として、幸運は幸運として素直にうけとめればいいのではないか。いまはそんな気持ちになっている。

「まあたしかに精神医学の世界でも、結果オーライならそれでよしっていう部分もあるからな」

ただし、ひとつだけ問題が残されていた。ロールプレイは、これから先もずっと続いていく、というしんどい問題だ。

早い話が、タケオはこの先もずっと父親を演じ続けなければならない。靴下を脱がせてもらったり、風呂で背中を流してもらったり、焼き魚の小骨をとってもらったり、そうしたことすべてを母親に手伝わせ続けなければならない。そうしなければ、母親がまたどうにかなってしまうかもしれないからだ。

母親は元の母親に戻ったわけではない。

スギタの受け売りで言えば、彼女はいまだに夢うつつの中にいて、帰ってきた夫に尽くしているという幻想によって、日夜、ドーパミンを分泌し続けている。いまはその共依存症的な快楽が買いだめ衝動を抑制しているだけなのだ。

「これでもし本物のおやじが帰ってきたら、どうなるんだろう」

ふと不安になってタケオは言った。

「どうなるんだろうなあ。すんなりと本物を受け入れてくれて、おまえはお役御免って可能性もあれば、お母さんの頭の回路が混乱してもう一回転ひねりする可能性もある」

「もう一回転ひねりしてどうなるんだ?」

「最悪、脳内がショートして手がつけられなくなる可能性もないではない。けどまあ、今後、お父さんが帰ってくることはないんだろ?」

「まずありえない」

「だったら、とにかくおまえとしては、いまの状態を末永く維持し続ける。それよりほかはないだろうな」

やはりそういうことなのだろう。これからもタケオは、母親が生きているかぎり父親を演じ続けるほかない。不憫な母親のために演じ続けることが、息子に与えられた宿命だと割り切って。

その後、ダンボール屋敷は築十五年の平凡な建売住宅に復元された。

バッタ屋の倉庫のごとく買いだめられた大量のダンボール箱は、本物のバッタ屋を呼んで安値でごっそり買いとってもらった。

全部運び出すまでに三日もかかったほど豊富な在庫量に、買いとり慣れしているバッタ屋のおやじもさすがに仰天していた。

「いっそ、ここでバッタ屋を開業しちゃったほうが早いんじゃないの?」

そう真顔《まがお》ですすめられたほどだ。

大量のダンボール箱が消え去ったわが家は、思いのほか広かった。

かつては「ネコの額の庭つきウサギ小屋」などと卑下《ひげ》していたタケオだったが、敷地四十坪、建坪二十五坪の建売二階家が、これほどゆとりを持って暮らせる空間だとは思わなかった。

このまま演じ続けていこう。

あらためてタケオは覚悟を決めた。このまま擬似《ぎじ》亭主を演じ続けて、母親があの世に召されるまで平和な日々をまっとうしよう。

そんなある晩、タケオが帰宅すると玄関に男物の靴があった。見覚えのある黒い革靴だった。

胸騒ぎを覚えながら家に上がった。なぜか知らず無意識に足音を忍ばせていた。そのとき、茶の間のほうから喉にこもった男の声がきこえた。

「おい、フロ」

解　説――ついつい人に薦《すす》めたくなる、奇想天外小説

書店員　渋沢良子

原宏一《はらこういち》のデビューは1997年。『かつどん協議会』を皮切りに、九作品を生み出している。一方、私の書店デビューは98年。一年の差はあるものの、原宏一の作家人生と私の書店員人生は本屋でリンクしている。こう書くと、まるで原宏一デビュー以来の読者の様だが、実のところ、私が原宏一の作品『床下仙人』（99年刊）と出会ったのは2007年5月。そう、つい最近のことなのだ。名前だけは知っていたものの、読むまでにはいたらず、スルーしていた作家であった。解説でこんなことを書いてしまって良いのか迷うところだが、あえて言います。世間的にも割りとスルー。そう、鳴かず、飛ばず？　であったのだ。

読むきっかけとなったのは、『本の雑誌増刊　本屋大賞2007』。小さく紹介されていた『床下仙人』の記事をみて、この書名のナンセンスっぷりに興味を覚え、取り寄せて手

にしたのがはじまり。

五編からなる短編小説なのだが、どれも設定が突飛《とつぴ》でなんとも面白い。

表題の「床下仙人」は、結婚四年目にして子供もでき、妻に迫られて、高額ローンを組んで郊外の住宅地に一戸建てを購入した〈おれ〉が主人公。始発で一時間五十分かけて通勤、もちろん帰りは午前様。休日ゴルフは当たり前。そんな折、突然妻がきりだした。「この家にはなにかがいる!」——妻がおかしくなったのか、はたまた仕事で家にいないおれへのあてつけか? と思いきや、ある夜、洗面所で歯を磨いている仙人みたいな風貌《ふうぼう》の男と遭遇。しかも妻と子がその男と一家団欒《だんらん》しているではないか……。

四編目の「派遣社長」は派遣社員ならぬ、派遣社長が登場。いまや社長もアウトソーシング? あるデザイン会社が、「いまなら一か月お試し社長キャンペーン」につられ、面白がって、このサービスを頼んでみると、似つかわしくない居酒屋の小太り店長のような社長がやってくる。どうなるどうなる……。

どうです? なにやら面白そうでしょう? そうです。面白いんです! 私も読み始めてすぐに「売りたい! 売れる!」と確信。すぐさま手書きポップ（書店によくある紹介文のカード）を作成し、店頭に並べたところ、あっという間に売り切れ。他の支店でも試してもらったところ、そこでもあっという間に売り切れ。これはいける! もっと売るぞと意気込み追加注文の電話をしたものの、無下《むげ》にも「品切れです。重版の予定はありません」との回答が。どうやら重版未定らしい。なにゆえに？　こんなに面白いではないか？この傑作《けっさく》に気づくのが遅すぎた自分も悔しい。いつもなら重版未定、はいそうですかとなるところだが、どうしても売りたかった。そこに同僚の協力もあり、あの手この手をつかって出版元の祥伝社《しょうでんしゃ》に掛け合い、重版にこぎ着けた。しかも私のポップを複製し、注文のあった書店にまいてくれるという祥伝社さんの大盤振る舞い付きで。重版をすると、ほれみたことかとばかりに、全国で売れ始めたではないか。絶版すれすれから見事復活！文庫化から六年、怒濤《どとう》の快進撃！　確かな作品、力ある作家だからこそである。六年間で初版分も売れなかった本が、重版後約三ヵ月で七万部、そしてその部数は今も伸び続けている。

私が重版を掛け合ったのには純粋に面白いから、売りたいからだけではなく、理由がもうひとつあった。それは、『床下仙人』が売れてくれれば、重版未定になっている他の作品も復活し、読めるのではないかという目論見《もくろみ》、下心。そして新作への期待である。原宏一には九作品あるが、現在そのうちのほとんどが重版未定。年間七万点といわれる出版過剰の時代に残っていくのは至難の業《わざ》。極端に言えば、どんないい本でも売れなければ切られていく下克上《げこくじょう》の世界なのだ。しかしここで文句を言っても仕方ない。とりあえず、買えない本は図書館で読み漁《あさ》ったので、その一部を紹介する。

＊かつどんにおける主導権争いを題材にした〈かつどん協議会〉。このわけのわからん突飛な設定で読者を原宏一ワールドにグイグイと引き込んだデビュー作……『かつどん協議会』（97年）

＊定年退職後、情けなく時間をもてあましている親父たちが架空の会社〝会社ごっこ（社名）〟を立ち上げ、以前のように会社ライフを楽しむが、やがてその会社が一大ムーブメントとなってゆく……『極楽カンパニー』（98年）

＊赤字続きの白バスを転がす二人組。一発逆転を図ろうと、高齢化社会のもと、金を持っているばあさんたちに目をつけた、清貧《せいひん》ツアー（聞こえはいいが、おんぼろバスに揺られて山奥へ）その名も「姥捨《うばす》てバス」を立ち上げる……『姥捨てバス』（98年）

＊〈ムボガ〉というやけに発音しにくい名前の黒人との出会いからすべてが始まる。若いころからの夢が忘れられず、アマチュアバンドを続ける、むさくるしい域にはいった四十男四人、その名もコレステローラーズ。ムボガの祖国の聞いたこともないアフリカ小国の音楽祭に出演したことから、アフリカのスーパースターとなってしまう。そこで一念発起《ほっき》し、日本でのメジャーデビューを目指すが……。四十代のあきらめと焦《あせ》りをうまく表現

し、外国人不法滞在者という社会問題もおりまぜつつ、原宏一ワールドでしっかりと笑わせて、最後はスカッといい気持ちにさせる。「これぞ小説の醍醐味《だいごみ》！」を味わわせてくれた一冊（私は大好きです）……『ムボガ』（2000年）

そして早くも私の下心が叶《かな》い、待望の新作『天下り酒場』が刊行。そう本書である。六編からなる短編集で、原宏一ワールド全開。ナンセンス・ブラックユーモア・アイロニーのオンパレード！

「天下り酒場」職人気質《かたぎ》の店主がギリギリで営む割烹《かっぽう》居酒屋で、ひょんなことから天下りの役人を雇うことに。金勘定《かんじょう》を任せると、あっという間に右肩上がりのチェーンを展開。しかし何かがおかしい。気づいたときには……。個人経営の小さな居酒屋に天下りなんてありえないのだが、現実にニュースで見るよりもはるかに「天下り」の問題がリアルに響くのだからすごい。最後のちょっとしたオチがうれしくさせる。

「資格ファイター」テストには強いが、実社会のビジネス現場ではからっきし弱い主人公。二十八歳にしてリストラ要員になるしまつ。暇《ひま》に飽かせて資格試験を受けまくるもむなしさでいっぱい。そんな時、合格発表の会場でプロダクション経営の怪しい小太りオヤジと出会い、「アイドル路線の資格ファイター」なるタレントとしてデビューすることになる、というこれまた荒唐無稽《こうとうむけい》な話。すったもんだがありつつも、いつのまにか活《い》き活きと資格ファイターを演じ、新たな自分と自分の居場所を見つけていく。

「居間の盗聴器」居間で見つけた盗聴器。仕掛けた人間は誰なのか？　犯人を見つけるため、疑心暗鬼になりながらも盗聴された生活を送る。するとなぜか家庭も仕事も絶好調に。他人から聞かれているかもという緊張感、疑いのなかにいないと人と人とは思いやれないのか!?　コミュニケーション不足といわれる現代社会への皮肉たっぷりの風刺。

「ボランティア降臨」平穏な家庭に、クボタミチコ（カタカナ名というところがまた得体の知れなさをかもし出している）という女性が突如介護ボランティアに訪れる話。こ、こわい。同じ女性としてわかるからこそ恐ろしい。女は一度腹が据《す》わればどんなことにもどっしりと構えてシラっとしていられるものだ。ラストの一文にもゾゾっ。

「ブラッシング・エクスプレス」原宏一得意のニュービジネスもの。歯磨き屋という変わった商売。私は歯磨きの訪問サービスなんてお断りだけれど、現実に起こっている、町に過剰《かじょう》に溢れる歯医者の過当競争が見え隠れしているところが、ありうるかもしれないと思わせる。

「ダンボール屋敷」結婚してからとことん尽くしていた夫が失踪《しっそう》し、壊れ始めた母。どこにでもいそうな夫婦の歪《ゆが》んだ関係を描きながら、読み手の思い込みとは全く逆の真相に驚かされる。私も、街ゆく夫婦を見るとついついあらぬ想像をするように……。

よくもここまで思いつく！　原宏一作品の多くは、日本的サラリーマン社会・社会生活のひずみを題材に、馬鹿馬鹿しいとも思える程のありえない設定で描かれている。しかし、読者は読み進めるうちに、非現実が現実味を帯びだし、気づくと夢中になって読んでしまっているのだ。突飛だなあというところから入り、面白い、いや面白さを超えて怖さ哀しさすら垣間《かいま》見えてくる。現実に、身につまされる読者も多いだろう。見えない溝《みぞ》におちたというか、はまったというか、「やられた……」と唸《うな》らされるというか。恋愛ものなどと違い、こういった小説はごまかしがきかない。これだけありえない設定を読ませてしまう、楽しませてしまう原宏一の力量は相当なものだ。個人的には奇才ジョン・ウォーターズ監督の映画「シリアル・ママ」を思い出す。

「あの本感動したな～」と思っていても、意外と内容をまるっきり忘れてしまったりすることが度々《たびたび》あるが、原宏一の奇想天外小説は「こんな面白い小説があってね……」とついつい事細《こま》かに人に教えたくなってしまうのだ。涙・悲恋・感動の嵐はないけれど、小説の持つ面白さ、醍醐味を味わいたいならばだんぜんお薦めする。一ファンとして書店員として、追い続けたい注目の作家である。

〈初出一覧〉

天下り酒場　『小説ＮＯＮ』二〇〇一年六月号
資格ファイター　『小説ＮＯＮ』二〇〇二年六月号
居間の盗聴器　『小説ＮＯＮ』二〇〇二年二月号
ボランティア降臨　『小説現代』　二〇〇〇年十月号
ブラッシング・エクスプレス　『小説ＮＯＮ』二〇〇一年十月号
ダンボール屋敷　『小説ＮＯＮ』二〇〇〇年八月号

注・この作品は刊行に際し、著者が大幅に加筆、訂正しております。
この作品はフィクションであり、登場する人物および団体名は、実在するものとはいっさい関係ありません。

天下り酒場

一〇〇字書評

切・り・取・り・線

購買動機（新聞、雑誌名を記入するか、あるいは○をつけてください）	
□（	）の広告を見て
□（	）の書評を見て
□ 知人のすすめで	□ タイトルに惹かれて
□ カバーが良かったから	□ 内容が面白そうだから
□ 好きな作家だから	□ 好きな分野の本だから

・最近、最も感銘を受けた作品名をお書き下さい

・あなたのお好きな作家名をお書き下さい

・その他、ご要望がありましたらお書き下さい

住所	〒				
氏名		職業		年齢	
Eメール	※携帯には配信できません	新刊情報等のメール配信を 希望する・しない			

この本の感想を、編集部までお寄せいただけたらありがたく存じます。今後の企画の参考にさせていただきます。Eメールでも結構です。

いただいた「一〇〇字書評」は、新聞・雑誌等に紹介させていただくことがあります。その場合はお礼として特製図書カードを差し上げます。

前ページの原稿用紙に書評をお書きの上、切り取り、左記までお送り下さい。宛先の住所は不要です。

なお、ご記入いただいたお名前、ご住所等は、書評紹介の事前了解、謝礼のお届けのためだけに利用し、そのほかの目的のために利用することはありません。

〒一〇一－八七〇一
祥伝社文庫編集長　坂口芳和
電話　〇三（三二六五）二〇八〇

祥伝社ホームページの「ブックレビュー」からも、書き込めます。

http://www.shodensha.co.jp/bookreview/

祥伝社文庫

天下《あまくだ》り酒場《さかば》　新奇想小説

平成19年10月20日　初版第1刷発行
平成27年11月15日　第16刷発行

著　者　原《はら》 宏一《こういち》
発行者　竹内和芳
発行所　祥伝社《しょうでんしゃ》
東京都千代田区神田神保町3-3
〒101-8701
電話　03（3265）2081（販売部）
電話　03（3265）2080（編集部）
電話　03（3265）3622（業務部）
http://www.shodensha.co.jp/

印刷所　図書印刷
製本所　ナショナル製本

Printed in Japan ©2007, Kōichi Hara　ISBN978-4-396-33385-0 C0193

祥伝社文庫の好評既刊

原 宏一
床下仙人
注目の異才が現代ニッポンを風刺とユーモアを交えて看破する、〝とんでも新奇想〟小説。

原 宏一
ダイナマイト・ツアーズ
自堕落夫婦の悠々自適生活が急転直下、借金まみれに！ 奇才・原宏一が放つはちゃめちゃ夫婦のアメリカ逃避行。

原 宏一
東京箱庭鉄道
28歳、技術ナシ、知識ナシ。いまだ自分探し中。そんな〝おれ〟が鉄道を敷く!? 夢の一大プロジェクト！

原 宏一
佳代のキッチン
もつれた謎と、人々の心を解くヒントは料理の中に？ 「移動調理屋」で両親を捜す佳代の美味しいロードノベル。

森見登美彦
新釈 走れメロス 他四篇
誰もが一度は読んでいる名篇を、大人気著者が全く新しく生まれかわらせた！ 日本一愉快な短編集。

伊坂幸太郎
陽気なギャングが地球を回す
史上最強の天才強盗四人組大奮戦！ 映画化されたロマンチック・エンターテインメント原作。

祥伝社文庫の好評既刊

伊坂幸太郎　陽気なギャングの日常と襲撃

天才強盗四人組が巻き込まれた四つの奇妙な事件。知的で小粋で贅沢な軽快サスペンス第二弾！

小路幸也　うたうひと

仲たがいしてしまったデュオ、母親に勘当されているドラマー、盲目のピアニスト……。温かい歌《ストーリー》が聴こえる傑作小説集。

小路幸也　さくらの丘で

今年もあの桜は、美しく咲いていますか——遺言によって孫娘に引き継がれた西洋館。亡き祖母が託した思いとは？

平　安寿子　こっちへお入り

三十三歳、ちょっと荒んだ独身ＯＬの江利は素人落語にハマってしまった。遅れてやってきた青春の落語成長物語。

中田永一　百瀬、こっちを向いて。

「こんなに苦しい気持ちは、知らなければよかった……！」恋愛の持つ切なさすべてが込められた、みずみずしい恋愛小説集。

中田永一　吉祥寺の朝日奈くん

彼女の名前は、上から読んでも下から読んでも、山田真野…。愛の永続性を祈る心情の瑞々しさが胸を打つ感動作。

祥伝社文庫の好評既刊

藤谷 治　いなかのせんきょ

人は足りない金もない。ないない尽くしの村議・清春が打って出た、一世一代の大勝負の行方や如何に!?

藤谷 治　マリッジ：インポッシブル

二十九歳、働く女子が体当たりで婚活に挑む！　全ての独身女子に捧ぐ、痛快ウエディング・コメディ。

藤谷 治　ヌれ手にアワ

渋谷・モヤイ像前で、偶然耳にした一攫千金話。カネに困った奴らが、なんでもアリの争奪戦!!

本多孝好　FINE DAYS

死の床にある父から、僕は三十五年前に別れた元恋人を捜すよう頼まれた…。著者初の恋愛小説。

若竹七海　クールキャンデー

「兄貴は無実だ。あたしが証明してやる！」渚、十四歳。兄のアリバイ調査に乗り出したが……。

白石一文　ほかならぬ人へ

愛するべき真の相手は、どこにいるのだろう？　愛のかたちとその本質を描く第一四二回直木賞受賞作。

祥伝社文庫の好評既刊

小池真理子
蔵の中
秘めた恋の果てに罪を犯した女の、狂おしい心情！　半身不随の夫の世話の傍らで心を支えてくれた男の存在。

小池真理子
午後のロマネスク
懐かしさ、切なさ、失われたものへの哀しみ……幻想とファンタジーに満ちた十七編の掌編小説集。

小池真理子
新装版　間違われた女
一通の手紙が、新生活に心躍らせる女を恐怖の底に落とした。些細な過ちが招いた悲劇とは――。

近藤史恵
カナリヤは眠れない
整体師が感じた新妻の底知れぬ暗い影の正体とは？　蔓延する現代病理をミステリアスに描く傑作、誕生！

近藤史恵
茨姫《いばらひめ》はたたかう
ストーカーの影に怯《おび》える梨花子。対人関係に臆病な彼女の心を癒《いや》す、繊細で限りなく優しいミステリー。

近藤史恵
Shelter
心のシェルターを求めて出逢った恵といずみ。愛し合い傷つけ合う若者の心に染みいる異色のミステリー。